虹の魔法のものがたり

吉田麻子

絵　ku-min

プロローグ

第一章　赤の魔法

第二章　オレンジの魔法

第三章　黄色の魔法

第四章　緑の魔法

第五章　青の魔法

第六章　藍色の魔法

第七章　紫の魔法

エピローグ

主な登場人物

望月ありか……本書の主人公。中学二年生、十四歳
リサ……ありかをいじめる美少女。クラスのボス的存在
ケツァル……翼竜。色の国を行き来できる
レオ……赤の国に住むライオン
クラウディ……オレンジの国に住む少年
スチュ……黄色の国に住む青年
ディア……緑の国に住む鹿
マリーン……青の国に住む水牛
ディープ……藍色の国に住む蛇
リング……紫の国の住むトカゲ

プロローグ

セーラー服を着た少女

それは誰もが寝静まって車の音一つしない、しんとした夜更けのことだった。

三日月市の郊外にある新興住宅地は、ほとんどの家の明かりが消えていたが、その中に一つだけピンク色のカーテン越しにほのかに光る窓がある。近所の中学校に通う望月ありかの寝室の窓だ。夜も遅いというのに、その部屋にはセーラー服を着た少女がベッドに腰かけていた。肩先で切り揃えられた黒髪が少し乱れている。色白の肌をしたその顔ははっきりとした目鼻立ちで大人の美しさをすでに備えていたが、顔色は紙のように血の気がなく、暗い目をした表情は傷ついた少年のように無垢に見える。

ありかの唇が小さく動く。「ごめんなさい、ごめんなさい」とつぶやいている。

この深夜の静寂の中で今、ありかは十四歳の生涯を終える決心をしたところだった。

――パパ、ママ、死んじゃってごめんなさい。さようなら、さようなら。

階下にいる両親はもう寝ているようだ。両親にあてて遺書を書こうとペンを手に取ったが、感情が爆発するのが怖くてやめた。

生涯を終える場所は学校の裏の森の中と決めている。

ありかは大きなため息をつくとベッドから立ち上がり、階下の両親がこの物音に気づかないようにと願いながらひっそりと出かける準備を始めた。

最期の服装は学校の制服にした。濃紺と白のセーラー服に、ワインレッドのスカーフ。靴だけは真新しいものにしたくてタンスから新品の白いスニーカーを出して履いてみた。少しだけ神聖な気持ちになる。

もう自分には一本の道しか残されていないと思う。準備をする手が震える。

懐中電灯、ハンカチ……、忘れ物はないかリュックの中身を確認する。宝物のスケッチブックも持っていきたくてリュックの底に入れた。

リュックを背負い、鏡の前で前髪を整える。

――もういいよ、終了で。

何の未練もない。人生を終わらせたい強い気持ちだけが支配していた。

鏡の前に、鍵や財布と並んで親指ほどの大きさのぬいぐるみが置かれていた。毎日持ち歩いているこのぬいぐるみはもともと白い色だったのがくすんで薄いグレーになっている。

――これも宝物だ。

小学生のとき、合唱コンクールで優勝した記念にママに買ってもらったものだ。ミカエルという名前の羽のついた猫のキャラクター。ありかはミカエルが好きで文房具などもミカエルのグッズで揃えている。そのミカエルの顔を見たとき、ほんのわずかに鼻の奥がつんとした。ありかは、制服の胸ポケットにそのぬいぐるみを入れた。自分の最期をミカエルに見守ってもらおうと思ったのだ。

部屋を見回して最後の点検をする。もう後はドアを開けて出ていくだけだ。

――外はきれいな星空だったらいいな。

ありかは最期にせめて見慣れた自室の窓からの星空を見ようと思い、窓際へ歩いた。窓際に近づいて初めて「変だな」と思った。

昼間のように眩しい光がカーテンの隙間から差し込んでいる。カーテンを開けると窓の外には大きな大きな月があった。見たこともないほど、そしてＳＦ映画のように非現実的な、あまりに大きすぎる月だった。

――何これ……、夢……？

学校は戦場となり、生きることは苦行となってしまった

望月ありかの学校生活はさんざんだった。

自分が周りと少し違うことには前から気づいていた。小さい頃から、ありかが無邪気に個性を出していると周りのみんなに笑われる。幼稚園のときに描いた絵は、上手すぎてみんなから気味悪がられた。雲や風に話しかけて周りから笑われたりもした。小学校に入っても相変わらずみんなと自分は違っていた。虫や木に挨拶をしていると周りの友達が笑うだけでなく馬鹿にするようになった。トカゲや蛇の写真を過剰に怖がる女子たちに、「かわいいじゃない」と言うと、その発言は宙に浮いたようになった。

みんなと自分が違うという違和感は、放っておくうちにどんどん取り返せない溝になっていき、どうしていいかわからないうちに中学生になった。

それでもクラスの女子とは去年までは仲が良かった。五人グループでいつも行動し、それなりに無邪気で楽しい日々を過ごしていた。

あるとき誕生会があって、グループのみんなで友達の家に集まった。

それは悪夢が始まる決定的な日となった。あれ以来、ありかにとって学校は戦場となり、生きることは苦行となってしまった。

その日、学校帰りに友人たちが誕生日を迎えたリサの家に集まっていた。リサのお母さんが外国土産だという紅茶と手作りのケーキを出してくれた。五人グループのリーダー格であるリサが同じクラスの内藤くんを好きで、その話で盛り上がっていた。

リサだけが私服に着替えていて、首元にリボンが付いたキャラメル色のワンピースを着ていた。リサは私服のときにはいつもお姫様のような恰好をしている。リサはちょっと周りにいないくらいの美人だ。外国の絵本から飛び出したような美しい外見はリサを特別な存在に見せていて、周りの女子たちはリサに憧れ、男子たちはアイドルと言って騒いだ。遠くの男子校からもラブレターが届くほどだった。

「あいつ、席替えで内藤くんの隣の席になって調子に乗っていてむかつくのよ」

リサが言った。リサは自分の人気をよく知っていて、そのうえで女王のように振舞う。わがままな言動をし、友達を家来のように引き連れている。

「内藤くん、リサのこと好きなはずなのにあいつが邪魔してる」

「ちょっとかわいいからっていい気になってる」

「昨日なんてあいつ辞書忘れてきて内藤くんと一緒に見てた。あれ絶対わざとだ」

グループの女子たちがリサの機嫌を取るように口々に言う。

ありかはみんなに聞こえないように小さくため息をついた。

——なんでこのグループに入っちゃったんだろう。

自分は決してリサの家来ではない、とありかは思う。家が近く、親同士も仲良く、幼い頃からピアノ教室が一緒だというだけでなんとなく一緒に行動をするようになったメンバーであり、人柄に心惹かれて一緒にいるわけではない。むしろ、このグループのメンバーたちの会話はありかには一つも面白いものはない。リサへのごますりやクラスの誰かの悪口ばかりだったからだ。

——せっかくの誕生会なのに、どうしてみんな悪口ばっかりなんだろう。

あいつ、と呼ばれている子は勉強ができて大人しい聖子という女子で、ありかから見る限りまったく調子に乗っている感じはしない。ありかはこの子たちよりも、凛としていて群れないタイプの聖子と仲良くしたかった。

「ねえ、ありかはどう思うの？」

「そうよ、ありかも何か言いなさいよ」

矛先が突然こちらに向いてきた。

ありかはうつむいて、角砂糖を紅茶に入れてかきまわす。

「ねえ、ありか。ずるいわ、いつも無言で」

こういう追及もいつものことだ。紅茶の中でぐるぐるとスプーンをまわす。

——このおいしい紅茶を一人でのんびり飲めたらいいのに……。

リサのお母さんは趣味が良くて紅茶のカップも角砂糖をいれる陶器もとても素敵だ。

——これにふさわしい楽しい会話をすればいいのに……。

「ちょっとお、無視なの？」

リサがつややかな頬を膨らませて不機嫌に言う。険悪な雰囲気になってきた。

「いや、あのね」

ありかは何か言わなければと顔をあげた。みんながこちらを見ている。

「ええと、ええと、この角砂糖ね」

みんなの顔色が変わる。

「へ？」

「角砂糖？」

盛り上がっていた空気が自分のせいで硬くなるのが感じられたが、どうしても話題を変えたかった。聖子のために、さっきの悪口をやめさせたかった。

「角砂糖ってどうやって作るんだろうね。なんでこんなに四角いんだろう」

「え……」

「角砂糖だって……」

「意味不明……」

硬い空気は音がしそうなほどピーンと張りつめた。

無言の数秒の後、リサが「ねえ、前から思ってたんだけど」と、その愛らしい唇をゆがめ女王のように判決めいた一言を放った。

「私、ありかのこと苦手かも。だってちょっと変なんだもん」

それはこれから始まる恐ろしい日々を意味する決定的な瞬間となった。ありかの胸が、ぞくりと波立った。

その翌日から無視が始まった。

グループの四人はありかと一緒に行動しなくなってしまった。体育の時間に体育館へ移動するときなど、いつもなら五人で連れ立っていたのに、さっと四人でいってしまう。学校帰りも、ありかが知らないうちに四人で帰ってしまう。そうして気がつけばあっという間に、ありかの毎日は一人で行動するのが常になってしまった。

所属する友人グループがないのは、女子中学生が学校生活を送る上でとても酷なことだった。最初から一匹狼だったわけではなく、学期の途中で突然グループから放り出されるのは、ひどく苦痛なだけでなくとても不便なことでもあった。

学校生活には、一緒に行動する友人がいるからこそ成り立つ瞬間が無数にある。そのたびにありかは居づらさを感じたが、誰かに話しかける勇気はなかった。

誰も一緒にいてくれないので手持ち無沙汰な時間がたくさんできた。そんなときありかはスケッチブックに絵を描いて過ごした。絵を描くのは好きだ。幼稚園や小学校の先生が驚くほどにありかは絵が上手だった。ありかは休み時間が来るたびに、スケッチブックを開いて動物の絵を描いた。人物を描く気持ちになれず、動物ばかり描いて過ごした。かわうそやライオン、鹿や水牛、蛇やトカゲ、恐竜、魚、カエルなど、思い浮かぶままに無心で描いた。絵を描いている時間は自分だけの世界に入ることができた。そのスケッチブックはいつしかありかの宝物になった。スケッチブックを開くと自分の居場所があるような気さえしていた。絵を描いている時間だけは心に平安が訪れる。

ところがリサたちはその平安さえ崩しに来た。

「また気持ち悪い絵を描いてる」

リサがよく通る声で言い放つと、他の三人もリサの意見に同調する。

「やばいんじゃない？」

「そうとうおかしいよ」

ありかが無反応でいると、わざと近くを通りかかり、「変わり者」「変人ありか」、とナイフのように鋭い言葉の切れ端を投げてくるのだった。

——どうしてこんなことになってしまったのだろう。

いじめられるようになって何週間かが過ぎた。最初のうちにリサに取り入ればよかったのかもしれない。リサの家来たちにこちらから声をかければよかったのかもしれない。いずれもありかにとってはしたくないことだった。ただじっと嵐が過ぎるのを待つように、毎日の現実を見ないようにして過ごした。

スクールカーストの上位であるリサのグループに好かれたい他のグループの女子たちにもそれは飛び火して、ありかを不思議ちゃんとか変わり者と言う人がクラスに少しずつ増えていった。ありかが自然にふるまっているときほど、「何あれ」とか、「ありえない」な

ど と、 声を殺した失笑がさざなみのように起きる。

自分のどの行動が変わり者なのかがわからないので、 いつ訪れるかわからないそのさざなみに恐怖を感じながら、 ありかは個性を出さないようにして日々を過ごしていた。

そのうち、 リサの影響力は男子たちにも及んだ。 男子がありかをからかい、 ありかが逃げるように立ち去ると、 リサが愛くるしい笑顔をつくって男子たちにうなずく。 この女王の称賛ほしさに、 男子たちはありかを始終からかうようになっていった。

音楽の時間に習った曲の歌詞に「ユニーク」という言葉が出てからは、 新しいおもちゃが増えたかのようにありかに「ユニークちゃん」という呼び名が投げつけられた。 男子たちは廊下で声をそろえて「ユニークちゃーん」と言ってありかをからかった。

みんなの行動はどんどんエスカレートし、 女王リサへの献上物のように捧げられ積み上げられていった。

机の引き出しの中には「ユニークちゃん」と書かれた紙が大量につめてあった。 ジャージが見当たらないと思うと、廊下に捨てられていた。動物の絵を描いた宝物のスケッチブックを男子に取り上げられたこともあった。 そのときだけは必死で追いかけて奪い返した。

たちの悪い冗談のような毎日に、 もうありかの精神状態も限界に近かった。

――私は変わり者なんだろうか。

ありかは真剣に悩むようになっていった。自分が自然体でいると失笑が起こる。ナイフのような言葉が投げられる。いったいどうすればいいのだろう。自分の何が変なのだろう。答えの出ない悩みに苦しむうちに、ありかの心は日々の攻撃で傷だらけになっていった。

――とにかく目立たないようにしていよう。

自分への攻撃が少なくなるように、ありかは心を砕いて毎日を過ごした。自分が話題に上らないように細心の注意を払っていた。

ところが昨日、最悪のことが起きたのだ。

作文の時間のことだった。先週書いた作文について担任の先生が感想を言い、作文の書き方を講義した。作文のテーマは「届けたい手紙」だった。クラスのみんなは、普段会えないおばあちゃんや転校していった友達などへ手紙を書いていた。

「手書きで手紙を書くというのはいいだろう。普段もメールだけじゃなく手書きの手紙をぜひ書いてほしい。先生はみんなの作文をじっくり読ませてもらった。相手を思うそれぞれの気持ちがよく出ていた。その中でも一つとても面白いものがあったんだ」

先生が、感動を隠しきれない様子でとんでもないことを言った。

「望月ありかさんの作文がとてもユニークだ。望月さん、先生が読み上げてもいいかな?」

教室にまた悪魔のさざなみが起きた。男子が「出た! 望月ありか!」「ユニークだってよ!」と下品な笑い声をあげる。リサがごちそうを見つけた猫のように唇をゆるめた。

「先生、やめてください」

ほとんど泣きそうな声でありかは言ったが、先生はクラスの状況を知っているのか知らないのか、唇を一文字にして横に首を振る。

「望月さんというとても個性的な存在を、先生は素晴らしいことだと思う。みんなもこのユニークな発想力に何かを感じてもらいたいんだ」

ありかは全身の血がひいていくような気がした。

クラスのみんなは獲物を見つけた動物の群れのようにしんと集中した。

ありかが書いたのは「虹への手紙」だった。


【虹さんへ】

2年A組　望月ありか

虹さん、初めてお便りします。

お元気ですか？　私はなんとか元気です。

最近見かけないので寂しく思っています。

虹さんが現れるのはいつも突然なので、私はその度にびっくりします。けれどもそれが私へのごほうびのような気がしています。

私はまだ中学生で世の中の大変なことはあまり経験していないと思います。そんな私でもやりきれないときがあります。この間もとても辛い気持ちで外を歩いていました。うまく説明できませんが、この世がすべて灰色になったような気分でした。そのときふと見上げた空に、大きな虹が架かっていました。

私はその虹が架かった空を何分も見上げていました。七色がとてもきれいで、私は灰色の世界からいつもの世界に少しだけ戻ることができました。

まるであの虹は、私に元気をくれたような感じでした。

いつか虹さんに伝えることができたら、この感謝を伝えたいと思っていました。

あのときは、本当にありがとうございました。

これからの人生でも辛いことはいろいろあるかもしれませんが、虹を見ることで元気になれるような気がします。私みたいな人を元気にするために、虹はときどき空に架かるのかもしれません。

虹さんが出るスケジュールって決まっているんですか？　もしそうなら知りたいです。あっ！　やっぱりやめておきます。突然のほうが嬉しいし、そのほうが虹さんらしいような気もします。

虹さんは三日月市だけに出るのではないと思います。きっと日本中、いえ、世界中の空に出てあげているんだと思います。そう考えると、虹さんのやっていることはとても偉大で素晴らしいと思います。

たくさんの人が虹さんのおかげですごく幸せな気持ちになっていますよ！　本当にありがとうございます。でも、とても忙しいでしょうね。もし私でよかったら、いつでも虹さんのお手伝いをしますので声をかけてくださいね。

そのかわり、特別に虹の魔法の使い方を教えてください。

ではまたお便りします。


先生がありかの手紙を読み上げると、クラスのみんながどっと笑った。

「虹さん、だって」

「やばくない……？」

「小学生かよ！」

その授業が終わるまで、クラスの中はざわざわとふざけた空気が充満していて、先生は少し困ったような顔をしていた。

授業が終わるとき、先生がみんなに言った。

「望月さんの手紙は、とても良かった。物事の枠を外して文を書くという自由さがいい。あのな、みんな。ユニークであることは、とても大切なことなんだよ」

ユニークという単語に教室じゅうがげらげらと笑った。

先生は不思議そうな表情をしていたが、チャイムが鳴って教室を出ていった。

「くすくす、虹さんだって」

「やっぱりユニークちゃんは変な子」

「ここまで変だとは思わなかった」

誰もが女王リサの満足する顔を見たくて、わざとありかに聞こえるように言う。

リサはみんなの言葉を満足そうに聞いてから、教室が静かになるタイミングをはかり、丸い瞳を潤ませて唇を愛らしく尖らせるとよく通る声で言った。

「ユニークちゃんさえいなければ、普通の作文の授業だったのにね。私たちの勉強に支障が出ちゃうわ。あんな子、いなくなればいいのに」

いじめが次のステージへ進むことを暗示するような台詞だった。

「まじ、いなくなってほしい」

「なんでいるの」

「なんでうちのクラスなの」

同調の声と笑い声が数人から上がった。

ありかは透明なゼリーをかけられたように全身の血の気がひいて、みんなから隔絶した放心の中にいた。唯一の救いだったのは、その授業が六時間目であることだった。帰りの会さえ我慢すれば一人になれる。

帰りの会が終わるまで、ありかは自分という肉体が砂のように無数の粒となって崩れてしまいそうな心地だった。傷口からあふれ出してしまいそうなものを止めることだけに集中していた。放課後になると一切の感情をオフにして立ち上がり、教室を出て、靴箱のところへいった。

靴箱を開けると靴が入っていなかった。

きょろきょろしていると、遠くで見ている男子たちと目があった。目があった瞬間、男子たちがどっと笑った。

「虹さんのお手伝いするからもう靴いりませんよね〜！」

ありかの靴らしきものをキャッチボールのように投げ合っていた。

ありかは靴を奪い返す力もなく、上履きのまま、ふらふらと外へ出た。

――もう、だめ。

ありかは我慢の限界に到達しつつあった。

――これ以上はがんばれない。

人が自ら死を選ぶときは、強い憎しみや悲しさからではなく、エネルギー不足の極みから起こるものなのだと思った。

家までの道のりを、右、左、右、左、と足を進めるだけで精いっぱいだった。それ以上のどんなエネルギーももうありかには残っていないように思われた。

自分よりも不幸な人はきっとたくさんいるだろう、とありかは考えた。だからこんないじめは大したことはないのかもしれない。中学生活を終えるまで我慢すれば解決するのかもしれない。そう思ってみても、現実問題として明日を生きるエネルギーが、一滴も残っていないように感じるのだった。

――限界かも……。

帰り道でも、しつこい男子がありかを追い越しながら「虹さ～ん！」とふざけて声をかけていった。

一歩歩くたびに、「限界……」という言葉だけが自分から出てきた。

その夜は夕食も進まなかった。大好きなクリームシチューのスプーンが止まりがちなのを見てパパが、「食欲ないのか」と言った。ママが、「何かあったの？」と聞いた。ありかは、「ちょっと考えごと」と言って笑顔をつくり、少し無理して残りのクリームシチューを機械的にパクパク食べた。

食器をキッチンに片づけると、我先にとお風呂へ入った。機械的に入浴を終え、早めに自分の部屋へ入った。

そして夜更けまでかけて悩み、ついに人生を終える決心をした。

両親への申し訳ない気持ちはありあまるほどだったが、これ以上がんばる力は自分の中に残っていなかった。やっぱりもうどうしても無理だという結論に至ったのだった。

虹の魔法を教えてください

生涯最期の星空を見ようとしてカーテンを開けると、大きな光が差し込んできた。窓の外の月は窓ガラスの枠いっぱいになるほど大きい。まぶしすぎてわからなかったがその月は周りが七色に光っている。よく見るとそれは月ではない。環状になった虹だった。虹は普段半円になっているが、今目の前にある虹は大きな輪だった。

その虹が、ありかに話しかけてきた。

「アリカサン」

ありかはきっとこれは夢の中なのだと思った。こんな大きい虹が輪になって夜中に現れるわけがないし、自分に話しかけてくるはずがないのだ。

「オテガミ、アリガトウ」

不思議な声だ。古代の太鼓の音と、教会の鐘の音と、機械で作ったキーンというような音などが何層にも混ざり合ったような声。

「ワタシハ、オテガミヲ、ハジメテ、モラッタ」

これは夢なのだと思うとありかは気が楽になった。

「虹さん、お手紙届きましたか？」

虹の光が瞬く。微笑んだようだ。

「ハイ、センセイガ、コエニ、ダシテクレタノデ。モジハ、ヨメナイケレド、コエハ、オトデ、ハドウダカラ、トドキマシタ」

なるほど、声は音で波動となるので空にいる虹に届くのかと、夢ながら妙にありかは納得する。

「それならよかった。私、虹さんが大好きなの。いつかありがとうを言いたかったから」

虹の光が上下する。うなずいているようだ。

「ソレデ、テツダッテクレルッテ、ホントウデスカ」

虹は少し心配そうに傾いた。

「あ、でも……」

ありかはこのあと学校の裏の森で生涯を終える決心をしたばかりだ。虹さんを手伝うことはできない。

「ごめんなさい。あのね、私……、私……」

説明しようとした途端、こらえきれない涙がどんどんあふれ出してくる。

「私……、死のうとしているところなんです」

虹は光を増幅させてしばらく沈黙してから言った。

「ソレハ、イケマセン」

光がますますまぶしくなった。

「ニジノマホウヲ、シリタイノニ、ドウシテ、シヌノデスカ」

「だって、あまりにも、辛くて」

虹は愛しい我が子を包み込むように、光でありかを抱いた。

「ドウセシヌノナラ、ニジノマホウヲ、ツカエルヨウニ、ナッテカラニ、シマセンカ」

――え……？　虹の魔法？

虹の魔法を教えてくださいと書いたあの手紙を、この虹さんは本当に読んだのかもしれない。どうせ死ぬのなら、確かに虹の魔法を使えるようになってからでも遅くはない。この人生の最期の思い出に、せめて虹の魔法を習得できるなら、それは少しいい人生といえるだろうか……と、ありかの心は大きく動いた。

ありかの心の変化を感じたのか、虹の光は楽し気に瞬いた。

「ボウケンニ、チョウセンシマスカ?」

——そうか、これは夢なんだ。どうせもう最期だもの。

「冒険……。はい！　挑戦します！」と、ありかは力強く言った。

「ボウケンガ、オワルマデハ、シニマセンネ?　ヤクソクシマスネ?」

虹は光を増した。ありかをじっと見つめているかのようだ。

「はい、約束します」

ありかの言葉に虹はさらに光を増す。

「アリガトウ。アナタハ、ヒトリメニ、ナルカモシレナイ」

一人目?　ありかが聞き返そうとすると、虹は直視できないほどの眩しい光になった。

第一章　赤の魔法

浄化の池をくぐり抜けて

気がつくと、ありかはセーラー服姿でリュックを背負ったまま、まだ薄暗い夜明け前の森の中で寝ていた。地べたにうつ伏していたらしく頬や手に土がついている。

「さあ、起きて起きて！」

手帳を持ったかわうそがありかを急かす。

かわうそ？

——きっとまだ夢の中にいるんだ。それにしても今日の夢はずいぶん長編だわ……。

かわうそは手帳をめくって背筋をぴんと伸ばすと、改まったような口調で言った。

「望月ありかくんだね。僕が君をこの世界から魔法世界へ連れていく。さあ、こっちへ」

かわうそは、どんどん森の中へ入っていく。ありかは慌てて起き上がり、かわうそに付いていった。

ふと木々の隙間から近所の国道の風景が見えた。そうか、ここは学校の裏庭の奥にある森だ、とありかは気づいた。ついさっきまでここで死のうと思っていたのだった。

「かわうそさん、待って」

先を急いでいたかわうそが少し不機嫌そうに振り返る。

「ここはもしかして学校の裏の森？」

かわうそは静かにうなずいた。

「そうだよ。けれど、一部交わっているだけで目的地はそのもっとずっと奥。さあ急いで」

学校の裏の森はさほど大きくはない。すぐ近くには住宅地もあったはずだ。けれどもこの道は進むほどに深い森へと入っていく。歩きながらありかは、こんなに大きな森が学校の裏の森であるはずがないと思う。

やがて小さな池のほとりについた。

――こんな池、あったかしら。

この森なら前に友達と昆虫採集や探検に来たことがあるが、こんな池は見たことがない。森の木々が映りこんで水面が青緑色に光っている。吸い込まれそうな気味の悪い色の池だ。

「普段はこの池を笹の葉で隠しているからね。さっき笹の葉をすっかりよけておいた」

かわうそがちょっと疲れているように見えるのはそういう作業をしたかららしい。

「さあ、ここが魔法世界への入り口だ」

池のほとりには石段があり、そこから池の中に入っていく鉄でできたはしごがあった。

「入り口はすごくわかりづらくなっているんだ」

かわうそが言った。

「誰かに見つかるわけにはいかないからね」

かわうそは池の中へ続くはしごを伝って肩まですっぽり池の中に浸かると、顔だけを池から出してありかを促すように言った。

「さあ、君も下りてきなさい」

「えっ、この水の中に？」

「水であって水じゃない。この池を通り抜けるとあっちの世界にいけるんだ」

かわうそはそう言うと、頭まですっかり潜っていってしまった。一人ぽつんと残されたありかは、池の中に消えたかわうそが水面に残した波紋を見つめる。

——ああ、もう、どうせ死ぬんだったんだし、夢の中だし、もうなんでもいいや。

ありかは観念して、はしごを伝って下りていき、水面につま先を伸ばした。片足を水に入れて驚いた。水のように見えるが水ではない。液体というより霧だ。そのままはしごを下りて池の中に頭まですっかり入った。

はしごは水面から下一メートルくらいで途切れていた。池の中に入ってしまうと濃密な霧の中にいるようで呼吸ができる。かわうそを探そうと池の中をきょろきょろと見渡した。そこへかわうそらしき影が手を伸ばしてきてありかの腕をはしごから外し、さらに池の下へ引っ張っていった。足が水底につく。さらにありかの手を取って、今度は奥へと泳ぐように移動していく。ありかはわけもわからず引っ張られるままに必死で付いていく。やがて池の中の壁にぽっかり空いた穴に引き込まれた。そこは洞窟のようになっていて空気があり、立って歩けるような空間になっていた。

「こっちこっち」

洞窟の奥へとかわうそが案内していく。濃密な霧でびしょ濡れになったはずのありかは、どこも濡れていないことを不思議に思いながらかわうそを追いかける。

洞窟はまっすぐな一本道のようだ。遠くにかすかな明かりが見えるだけでほとんど暗闇だ。ゴゴゴゴと地鳴りのような音が体に響く。

ありかは恐怖を感じ、先を急ぐかわうそに言った。

「ねえ、待って。なんだか怖い。変な音もしているし……」

かわうそは、足を止めてありかを振り返ると不機嫌そうにため息をついた。

「君はさっきの池を通り抜けたことで、できる限りの浄化はされたはずだ」

「浄化？」

「あの池は次元間を通り抜けるための浄化の池だ。君がいた世界で君がまとっていたこっちの世界に不必要な感覚は、ある程度は取り除かれたのだ。君の場合は、切羽詰まった気持ち、だろう。冒険の妨げになるのであの池がそれを軽減した」

確かにさっき死のうとしていた切迫感は、完全ではないもののかなり減っていた。

「まあ確かに……、さっきよりは軽い感じ。でも怖いわ、だって地響きみたいな変な音が」

ありかが言うと、かわうそは「なんだかおかしいな……」と、ポケットから手帳を出して何やら確認していた。

「君は虹さんからの直接の紹介だ。どんな強者かと思ったが、思いのほか覚悟が感じられない。あの音は赤の世界に移行する次元間の振動音だ。地震などではないから安心しなさい。あとはまっすぐあの光に向かって進むだけだ」

かわうそは手帳をしまい込んだ。

「赤から虹の七色の順番にこれから君は魔法を学ぶ旅をする。一日に一色で七日間だ。大変な旅かもしれないが、やりぬいてくれ。七色の魔法の学びが無事に終了すると、元いた世界の元の時間に戻ることができる。だから元の生活に支障はない。一秒だって経ってないんだ。誰にも心配かけないよ。ただ、途中で失敗すると帰れない。まあ、がんばってくれたまえ。僕の道案内はここで終了する。健闘を祈るよ」

「えっ、いっちゃうの？　待って、どうすればいいの。失敗すると帰れないって？」

　かわうそが驚いた表情をした。

「参ったな……。ここまで素直に付いてきたからてっきりすべてを知っているんだと思った。それに虹さん直々の紹介だし……」

　ありかがかわうその手を引っ張って問いただした。

「ねえ、帰ってこられないとどうなるの？」

「その色の世界で暮らすことになるんだ。虹の魔法の志願者はたくさんいる。僕はその最初の案内役に過ぎないから詳しくは知らないが、七色をやりとげた人はまだ聞いたことがない。志願者ならその覚悟があるはずだが、怖気づいたのなら、元の世界に戻るかい？」

　本当に虹さんは自分を七色の冒険に送り込んだのだ、とありかはあらためて思った。そしてそれは簡単なことではないのだ。

——やりとげた人は、まだいないんだ……。でも、どうせ死ぬんだし……。

ありかの心はかわうその話を聞いても変わらなかった。

「いいえ、戻らない。私、七色の旅にいく」

かわうその瞳に静かな応援が宿った。

「やってごらん。事情はよく知らないが、この洞窟まで来たのも何かの縁だろう。誰もが通る道ではないんだ。やるだけの価値はある」

ありかはコクリとうなずいた。

「行き方は簡単だ。ここをまっすぐ、あの光に向かって歩くんだ。一歩歩くごとに君は少しずつ意識を失っていく。一呼吸ごとに眠りに落ちていくようにね」

ゴゴゴゴという地鳴りの音が一段と強くなった。

「大変だ！　次の予定の時間が迫っている。ではありかくん、虹の魔法の冒険、がんばってくれたまえ」

かわうそはそう言うと忙しそうに池のほうへ戻っていった。

ありかはしばらくの間、去っていくかわうその背中を見送っていたが、やがて意を決して洞窟の先に見える光のほうに向かって歩き始めた。

一歩歩くと元いた世界が過去になった。

一歩歩くと眠気のようなものが襲ってきた。

また一歩、また一歩と歩くうちに、ありかの意識は霧のように消えていった。

おばあさんの焼きりんご

意識が再び戻ったとき、野生の世界の中にありかはいた。

朝日が大自然を真っ赤に照らしていた。古代の太鼓のような地響きがしたかと思うと、何百という動物の群れが左から右へ走っていく。襲われている小動物たちもいた。鳥たちがけたたましく鳴いて飛び回っていた。血の匂いがする。土煙ですべてがスローモーションのようにみえる。

ありかには、怖いと感じる余裕さえなかった。ただ目の前の野生の荒々しさを見ていた。

そのうちに動物たちは土煙とともにみんな走り去っていった。

一頭だけ残っていて、こちらへ近づいてくる。

それは優雅な赤茶色のたてがみを堂々となびかせた、鼻筋の通ったハンサムなライオンだった。

——食べられる！

ありかは目の前のライオンに射貫くような鋭い瞳で見つめられて動けなくなった。

「ずいぶんと怖気づいているな」

ライオンはおかしそうにそう言った。

「た、た、食べないで……」

か細い声でなんとかありかが言うと、ライオンはさらに笑った。

「確かにここは戦いの国だ。食べるものと食べられるものがああして戦っているのが日常だ。けれども、挑戦者を取って食いはしない」

ライオンはあらたまって向き合うと言った。

「ありか、赤の世界へようこそ」

どうやらこのライオンは危険な存在ではないらしい。まるで友人のように名前を呼んでくる。もうありかはどんなことが起きても驚かないことにしようと思った。これはきっと夢なのだ。夢にしてはさっきから生ぬるい風を頬に感じるし、足の裏が少し痛いけれど。

「さあ、俺の背中に乗りなさい」

ライオンは背を低くして、ありかが乗るのを紳士のように待っていた。

──えっ、このライオンに乗るの？　なんだかずいぶんな冗談みたい！

さっきかわうそに連れられて池の水をくぐり抜けてから、いつの間にか意識を失い、気がつけば赤の世界に来て、こうしてライオンに話しかけられている。

──夢だとしても大胆な夢だわ！　死ぬ前のレジャーってとこね。やってみようじゃないの。このライオンさんに乗ればいいのね。

苦労してライオンの背中に乗った。毛並みは意外に柔らかく、温かい体温の下に隆々とした筋肉が感じられた。

「ありか、君はこれから七色の旅をするんだ。虹の魔法の一つ目、赤は俺が担当する。俺の名前はレオだ。どうぞよろしく」

背中に乗っているからか、レオの声は体を伝ってありかの体の深いところから聞こえてくるようだ。

「体調はどうだい？」

レオが聞く。

「体調？　普通かな」

ありかが言った。

「赤の魔法を手に入れるために、まず必要なことがある」

「なあに？」

レオはありかの顔を振り返ってまじまじと見た。

「エネルギーだよ。赤の冒険をするには君は少しエネルギー不足のようだ。君の体力を増やしておこう。さあ、俺のたてがみにしっかりつかまって」

ありかはレオのたてがみをぎゅっとつかんだ。

「痛くない？　レオ」

「痛くないさ。さあドライブだ」

背中の筋肉がさあっと硬くなるのを感じるや否や、レオは一陣の風になっていた。大地を蹴って、木々の合間を抜けてレオは駆けた。振り落とされないようにありかは必死でレオのたてがみにつかまる。しばらく走っていると、前方にきらりと光る水面が見えてきた。近づくとそれは湖だった。レオは湖の畔に着くと立ち止まった。

「さあ着いた。まずはここでエネルギー補充だ」

湖畔には、鈴なりに赤い果実をつけた木々が立ち並ぶ果樹園があった。

「ここはりんご園だ」

りんごの木々の奥に赤い屋根に白い壁の小さな家があった。

「あの赤い屋根の家を訪ねていきなさい。俺はここで待っている」

湖畔から赤い屋根の家まで木道がついていた。ありかはレオの背中から降りて、赤い屋根の家まで木道を歩いていった。煙突から煙が出ている。誰かがいるようだ。古い木でできた扉をノックし、「こんにちは……」と声をかけると、しばらくたって扉の奥に静かな足音が近づいてきた。

出てきたのは赤毛のおばあさんだった。着古したような木綿のワンピースを着て、赤毛をゆるく結った一本の三つ編みを背中に垂らしている。

「ああ、来たね。いらっしゃい」

そこは赤い部屋だった。紅色のじゅうたんが敷かれていて、壁紙はワインレッドのストライプ柄。

「初めまして……。私、望月ありかといいます」

ありかが緊張して戸口に立っていると、おばあさんが笑って招き入れた。

「さあ、入りなさい。赤の薬をあげよう」

そう言っておばあさんは、奥のキッチンから大きなフライパンを持って来てストーブに乗せた。蓋を開けるとシナモンとバターのいい匂いがする。皮のまま焼かれた真っ赤なりんごが五個入っていた。

「わあ！　焼きりんご！」

「森のおばあさんの焼きりんごさ。これが赤の薬。これを一個食べると七日間分のエネルギーになるんだよ」

「りんごを食べただけで七日間？　まさかそんなわけないわ」

ありかが思わず反論するとおばあさんがふふと笑った。

「これは、とくべつなんだよ」

おばあさんは、熱々の焼きりんごをフライパンから一つ取って木の皿に移した。

「さあ、テーブルにつきなさい。赤い食べ物は神様からのエネルギーの印なんだ」

「エネルギーの印……」

テーブルにつくと、焼きりんごを乗せた皿がありかの前に置かれた。芯をくりぬいた穴からバターが湯気を立てている。

——そういえば小さい頃、風邪をひくとママがりんごを焼いてくれたっけ。

幼い冬の日を思い出して、ありかのお腹がぐうと鳴った。おばあさんは大笑いをして、

「一個で足りなかったらおかわりもある」といい、自分もありかの隣の椅子に腰かけた。

「さあ、食べなさい」

スプーンを入れるとさくりと柔らかい。りんごとシナモンとバター、それにはちみつとレモンとお酒？　それだけじゃない何か不思議な甘くて温かくて楽園のような味だった。

一口一口味わい食べた。食べるごとに体に明かりが灯るようだった。

「学校は楽しいかい？」

おばあさんが聞くと、ありかは鉛を飲んだように固まり、静かに首を横に振った。

「最悪よ。おばあさん、私ね、死のうと……」

おばあさんはありかの言葉にかぶせるように言った。

「学校はある種の戦場だよ。生きるか死ぬか。勝つか負けるか。一部の人にとっては毎日が試合の本番みたいなところだ。お嬢さんも、そうだったのかい」

「勝つか、負けるか。うん、本当にそう」

ありかはリサたちを思い出して苦しくなった。

「あのね、おばあさん。私はユニークだってみんながいじめるの。目立たないようにしていたのに、昨日、先生が私の作文を読み上げたの。先生はユニークだってほめていたんだけれど、それこそがみんなにいじめられている理由なの。私、いないほうがいいって言われた。私、変なのかな。みんなみたいな普通の女の子に生まれたかったよ」

おばあさんはふと気づいたように少女を見た。

「ユニーク……。ねえ、お嬢さん。おまえの名前はありかだね」

「そうよ」

「どうしてご両親がその名前をつけてくれたのか聞いたことはあるかい」

そういえば、学校の宿題で両親に名前の由来を聞いてくるというのがあった。

「たしか、『いいものがあるところ』みたいな意味だったかな……」

両親が幸せそうに笑いながら教えてくれた日のことを思い出した。両親を思って胸が締めつけられそうになる。

おばあさんはまなざしに驚きを浮かべて言った。

「そうか、お嬢さんは、プレイスだな……」

「プレイス？」

「古い物語だよ。おばあさんのおばあさんがよく言っていた。神様が私たち生き物を愛するゆえに、人の心に宝物を隠したと言われておる。誰もその宝物には気づかないがごくたまにその宝物を自分の心の中に見つける人がいる。その人を、ずっと昔からプレイスと呼んでいたんだ。プレイスはみんなにとっての宝のありか。どの時代にもちゃんとプレイスは神様によって備えられている。プレイスはその生きざまで宝を体現する。思い出しなさい。おまえこそ、ユニークでなければならないんだよ」

ありかはじっとおばあさんを見つめた。

「学校でいじめられて、さぞ悔しいことだろう。でもそれもおまえだからなんだよ。おまえのユニークさがみんなの心に何かを与えている。みんなはまだ子どもだから、おまえの個性から感じた驚きをそんな態度でしか表現できないんだよ。いじめられているそのことこそが、おまえがプレイスである証拠なんだ」

そんなふうに考えたことはなかった。けれどもユニークと呼ばれて馬鹿にされるのはもう嫌だし、これ以上耐えることはできない、とありかは思う。

「そんなこと言われても……」

おばあさんは、ありかのほうに向きなおった。

「人生は、自分らしさを掘り進めていくことなんだよ。自分という井戸を」

おばあさんはしばらく目を閉じて黙っていた。何十秒かの沈黙の後、おばあさんは再び目を開いてありかを見つめて言った。

「どの井戸を掘れば人生が豊かになるのか、考えてみたことはあるかい？」

ありかは言われている意味がわからず、首を傾げた。

「いいかい。その人の解釈がその人らしさなんだよ。知っているだろう、思い出すんだよ。ユニークであること、それが生きるということなんだ。みんなそれを忘れているんだよ。知っているだろう、普通の人なんていないこと。誰もが本当は知っているけれど知らないふりをしている」

おばあさんの口調が静かに熱を帯びていく。

「わかるかい。本来は一人一人が宝のありかなんだよ。おまえはそれを名づけられておる。おまえにはそれを体現する使命がある。だからおまえはここへ来た」

「一人一人が宝のありか？」

「そうだよ、プレイス。そしておまえはみんなにとっての宝のありかになれる」

おばあさんは、ありかの食べかけの焼きりんごの皿を手に取ると、ストーブのところへいってフライパンから熱々のシロップをすくい取って皿にかけ、再びありかの前に置いた。

「焼きりんごがさめてしまったね。さあ、すっかり食べたら虹の魔法を手にする旅に出なさい。レオが待っている」

ありかは混乱していた。

――私に使命が？　まさか。

焼きりんごを食べ終わると、エネルギーが足元から立ち昇るように湧き起ってくるのをありかは感じていた。

――お酒を飲んだらこうなるのかしら。シナモンのせいかしら。

自分を突き動かす不思議な使命感が体温として体を昇ってくるのを感じる。

扉を大きく開けると風の中にレオが立っていた。

さあ、魔法のレッスンの始まりだ

「焼きりんごを食べたかい」

レオはありかを背に乗せると湖畔の森の奥へと進み始めた。

「ええ、食べたわよ。不思議だね。足の裏から力が湧いてきて、何か叫びたいような走りだしたいような変な感じ」

「それがエネルギーだよ。あの焼きりんごは効果てきめんなんだ。さあ準備はできたな。赤の街へいこう」

レオは駆け始めていた。

「赤の街?」

「そう。いよいよこれから君は一つ目の魔法を知るんだ」

やがて森を抜けると切り立った高い崖の上に着いた。崖のはるか下に街のようなものがある。どの屋根も赤い。人々が忙しそうに立ち働いているのが点のように見える。

「あそこへいくのね。でもこんな崖からどうやって……」

下りようとしてもそこは断崖絶壁だった。岩でゴツゴツしている。

「俺はこの崖を駆け下りることができる。けれどありかを乗せて下りるのは危険だ。君のことはケツァルに運んでもらう」

そのとき上空を黒い幕のようなものが覆い、周りが一瞬、夜のように暗くなった。

「ぎゃあああああ」

見上げて目にしたものに驚いて、ありかは叫び声をあげた。上空には、十メートルをゆうに超える翼竜が大きな翼を広げて羽ばたいている。くちばしだけで三メートルくらいはありそうだ。

「やだあ、怖い、助けて」

ありかはレオの背中にしがみついた。その翼竜はありかの体の何倍もある大きなくちばしをパカパカと開閉して、こちらへ近づいてくる。

「ぎゃあ、怖い、怖い、怖い、化け物」

翼竜は翼を静かに折って地に降りた。

「化け物とはずいぶんなご挨拶ですね、お嬢様。私は史上最大の翼竜、ケツァルコアトルスでございます」

翼竜はガサガサとした変な声でしゃべった。

「ケツァル許してくれよ。初めて翼竜を見る人間の女の子だもの」

ケツァルはその三メートルはあるくちばしをかっと開いて鳴いた。

「クゥアアアア」

ありかは腰が抜けて、もう声が出ない程に恐れおののいている。

「怖いなら怖気づくんじゃない。逆だ。勇気を出せ。君の中にも猛獣がいるだろう」

レオが優しく言った。

「俺は百獣の王といわれる勇者だ。このケツァルも空を駆ける勇者。そして君も本来勇者のはずだ。さあ、魔法のレッスンの始まりだ」

「何なの。もう嫌、こんなところ」

レオはありかを降ろして言った。

「ケツァルは怖くない。友達だ。さあ、勇気を出すんだ」

ありかは恐怖に体を震わせていて、首を横に振るのがやっとだった。

レオはありかの目をじっと見つめて言った。

「勇気ってすごいんだぜ。勇気を出したら君の力は無限大になる」

「ど、どうすれば……」

ありかはパニックで浅い呼吸をパクパクと繰り返すだけだ。

「落ち着け。まず体をゆるめるんだ。そして足をふんばって大地の力をもらう」

「体をゆるめて……、足をふんばって……」

「そうだ。それから深呼吸だ。そして自分の炎を燃やすんだ！　自分の中に火が燃えたら吠えろ。声を出して吠えてみろ！　これが赤の魔法。勇気の魔法なんだ」

レオは百獣の王の気品に満ちた瞳でありかを見つめる。

「臆病と勇気は同時にあるんだ。勇気を選ぶんだ」

▼勇気
▼臆病

ありかは深呼吸をしようとしたが恐ろしくて息ができない。

けれどこれは魔法のレッスン。虹さんと約束したのだ、できるようになりたい、とありかは思う。何にも素敵なことがなかったと思う自分の人生。せめて虹の魔法だけは最期に手に入れたい。

――まずは体をゆるめる……。足をふんばる……。

ありかの意志の力が臆病になる体を少しだけ制御することができた。

――息を吸う……。息を吐く……。自分の中に火を燃やす！

「いいぞ、ありか！　吠えろ！」

「ふう、ふう、あああああ」

ありかの中の猛獣が、声にならない声を少し出した。

「そう、その調子。さあ、思いっきり吠えろ！」

レオが優しく誘導する。

「ふあああああ、あああああ」

「もっと、もっとだ！」

ありかはお腹が熱くなる感じがしてきた。臆病から勇気への転換。普通の女の子から魔法使いへの小さな転換が、今まさに起ころうとしているのを感じた。

空も大地も自然もすべてのエネルギーが自分の足元に集まってくるのを感じる。

▼勇気
▼臆病

レオが叫ぶ。

「さあ火を燃やせ！　吠えろ！」

▽勇気

「わああああああああああああああああああああああ」

空が割れて大地が揺れるような気がした。ありかはその瞬間、宇宙の中心の力点だった。

叫び終わると力が抜けていた。炎を燃やしきって体がすっきりした気分だ。

気がつくとレオとケツァルが微笑んでいた。彼らの瞳に称賛があった。

レオが言った。

「よし、いいぞ！　もう怖くないだろう」

ケツァルが大きなくちばしをパカパカと開いて笑う。

「お嬢様、お上手でございます！」

ありかは自分の内面に変化が起こったのを感じた。

「……あれ？　怖くない」

「あらためて……、はじめまして、お嬢様」

ケツァルが微笑んで言う。

「お嬢様、だなんて。ええと、ケツァルさん、こんにちは。あなたずいぶん大きいのね」

「人間の世界で言うとお車三台分くらいでございましょうか」

「まあ！　確かに車三台分くらいはあるわね」

ケツァルは見たことのないような大きな翼とくちばしをもつ巨大な翼竜であるが、今のありかにとっては親しみすら感じる友達だった。

「できたじゃないか。これが赤の魔法。勇気だ」

「勇気……」

「さあ、赤の街へいこう。勇気をもっと使えるようになろう。俺は先にいっているよ。街の広場で待つ」

レオは見本のような美しく大きな雄叫びを上げたかと思うと、地を蹴って谷底へ駆け下りていった。

ケツァルが翼を差し出した。

「お嬢様。どうぞ私の背中へ。広場へお連れいたします」

ありかは落ち着いた気持ちになってケツァルの背中に乗った。

ケツァルの飛行は驚くほど安定していた。翼がゆっくりと上下してバサッバサッという規則的な音を立てている。

さっき高い崖の上から見た赤い街へどんどん近づき舞い降りていく。街の真ん中には広場があり、たくさんの人が集まっているのが見える。ケツァルは赤の広場の端のほうに降り立った。

自分の炎を燃やすんだ

広場の奥にはステージがあり、そのステージの前に赤い服を着た人々が集まっていた。

ケツァルの背から降りたありかは、ケツァルのくちばしの陰に隠れて様子をうかがう。

ステージの前に集まった人々の声が聞こえてくる。

「今年の一位は絶対にうちの主人よ！」

「うちの夫が一位に決まってるわ」

ステージの横から赤いスーツを着た男がマイクを持って現れた。

「皆さん、大変お待たせいたしました！　いよいよ勇者コンテストの始まりです。ではエントリーナンバー一番の方、どうぞ！」

ありかがケツァルにささやく。

「勇者コンテストですって？」

ケツァルも小さい声でありかに言った。

「ちょうどいいですね。赤の国のことを知るのにぴったりです。ここでしばらく見ていましょう」

ステージに筋骨隆々とした男性が現れた。

「あなたの挑戦をお聞かせください！」

司会者がマイクを向ける。

「俺は一年前まで家から出るのも面倒な不健康な生活をしていました。でもこの一年間毎日、日が昇ると山の上まで走り、日が落ちると谷の底まで走りました。朝日と夕日をたっぷり浴びて、土のエネルギーをたっぷりもらい、俺はこんなに美しい筋肉に恵まれ、心も体も健康になりました！」

ステージ前の観客たちから拍手が起こった。

司会者が聞く。

「勇気を出すのは、時には怖かったでしょうね」

男性が答えた。

「はい。山を走っていて獣の気配を感じたりしたことがありました。そんなときは勇気の雄叫びをあげてエネルギーを高めるようにしていました」

「挑戦の発表、ありがとうございました！　では次の方、どうぞ！」

今度は仕立ての良い上質そうな服を着た男がステージに登場した。

「あなたの挑戦をお聞かせください！」

「僕は一年前まで働くことが嫌いでぐうたらな生活をしていました。でもこの一年間、何十もの働き口の面接を受け、ようやく仕事を見つけました。そして朝から晩まで汗水流して思いきり働きました。働けば働くほど自分の内側からエネルギーが湧き出し、お金もたくさん稼ぐことができました！」

また観客たちから拍手が起こった。

司会者が聞く。

「勇気を出すのは、怖いこともあったでしょうね」

男性が答えた。

「はい。面接でたくさん断られました。僕を雇ってくれるところなんてないんじゃないかと考えると恐怖でした。でも面接の前に勇気の炎を燃やして、いくつも回っていたら職を得たのです」

「挑戦の発表、ありがとうございました。では次の方、どうぞ！」

今度はステージに年老いた母親と手をつないだ女性が現れた。

「あなたの挑戦をお聞かせください！」

「私は一年前まで親孝行をしたくなくてふらふらと旅ばかりしていました。でもこの一年間、親孝行をすることを決心し、りっぱな家を建て、母親に極上のベッドをこしらえました。安心できる暮らしができるようになって今は落ち着いています」

さらに観客から拍手が起こった。

司会者が聞く。

「勇気を出すのは、怖くなかったですか？」

女性が答えた。

「はい。無責任に旅をしていたので、いまさら親と向き合って怒られないか怖かったです。

ですが勇気のエネルギーを増やして、まずは行動して納得してもらおうと、毎晩の食事をつくるところから始めました。それからどんどんはずみがついていきました」

「挑戦の発表、ありがとうございました！」

ケツァルのくちばしに隠れてステージを見ていたありかがつぶやいた。

「へえ、挑戦の発表……」

ケツァルがうなずいた。

「さようです。彼らは勇気を出して力を得た人たちです。この赤の国では勇気を出すことが大切なのです」

ステージでは次から次へと挑戦者が現れて自分の挑戦を発表している。

そのたびに観客たちから歓声があがる。

ありかがその様子を見ていると、広場の奥の通りからレオが現れた。

「レオ！」

レオの表情は喧騒の中にあって奇跡のように気高かった。

「どうだい、赤の国の感想は」

レオの言葉にありかは嬉しそうに答えた。

「とっても素敵だわ！　あんなふうに勇気を出して挑戦するなんて素敵」

レオが少し笑って答えた。

「あれがここのテーマなんだよ」

「勇気を出すこと？」

ありかが言った。

「そう。勇気を出すことが赤の魔法だからね。今ステージで発表している勇者たちはそれができたからこうして拍手をもらっているんだよ」

「へえ、こんなにも勇気って大事なのね。こんな国があるなんて……」

ケツァルが赤の国の説明をはじめた。

「お嬢様、ここが赤の国です。高い崖に囲まれているので外の人は来ることができないのです。必要なときだけこうして私が運搬役をやっているのです」

「必要なとき？」

ありかが聞き返すとケツァルがうなずいた。

「はい。お嬢様のように外の世界の人が魔法を学びに来るときです」

あらためて旅の目的を思ってありかは深いため息をついた。

「ここで私は赤の魔法を習得するのね……」

「さようです」

ケツァルが微笑んだ。

「赤の魔法は勇気なのね」

レオが街を誇らしげに見渡してから言った。

「君はこれからの旅でそれぞれの国のテーマを見つけることになるだろう。この赤の国のテーマは勇気なんだよ」

レオの言葉に、ありかはステージ上の人たちの言葉を思い出していた。

「ここではみんな、挑戦しているのね。怖いこともあったけど、エネルギーを高めて勇気を出したって言っていた……」

レオがうなずいた。

「この国に来た時、最初に動物たちの野生的な戦いを見ただろう」

ありかは土煙の中を走り去った動物たちのことを思い出した。

「あの野性的な戦いのエネルギーが、誰にでもあるんだ。あのエネルギーがあれば、自分との戦いにも打ち勝つことができる。それが挑戦するということだよ」

「ああ、あの野性的な戦い……。あれが野生のエネルギー……」

ありかが言うと、レオが微笑んだ。

「そうだよ。すべてはエネルギーありきなんだ。赤のエネルギーは真っ赤なマグマのエネルギーそのものだからね。あのおばあさんは、焼きりんごにマグマのエネルギーを込めることができる。だからあの焼きりんごを食べるとすごいエネルギーが体内に宿るんだ」

確かに焼きりんごのエネルギーは、まだありかの体を熱くしていた。自分の内側にたっぷりエネルギーがあることがわかる。

「赤の魔法は勇気……。やってみるわ……」

レオが嬉しそうにありかを見た。

「よし！　じゃあ、魔法の習得にいくぞ！」

「お嬢様、お乗りください。ご案内いたします」

「えっ、どこへ？」

「赤の魔法の習得に参りましょう！」

ケツァルは翼を伸ばし、ふたたびありかを背に乗せた。ふわりと空に舞い、赤の国の周りの崖が見下ろせるところまで上がり、崖が途切れた奥へ進んでいく。眼下ではレオもありかたちを追って大地を駆けている。

しばらく飛んで着いた先は荒れた土地だった。干上がった大地に枯れた木々が林立していた。辺り一帯に火事の後のような焦げた匂いが漂っている。

「着きましたよ、お嬢様。ここではくれぐれも同調して巻き込まれないようにお気をつけください。いざというときは彼らの炎に巻き込まれるのではなく、お嬢様ご自身の炎を燃やしてください」

「あれは……、何……」

ありかが見たものは世にも不思議な生き物だった。まず聞こえたのは怒号だった。叫び声もする。こちらを威嚇するような息づかい。大きなモンスターだ。いくつもの顔を持ち、いくつもの手が宙へ伸び、いくつもの足が大地を踏み鳴らしていた。周りには火の粉が舞い、それぞれの口から焦げ臭い煙が出ていた。

「あれは……、何人なの？　一人なの？　たくさんの人がくっついている……」

何百人もの怒った人たちが口々に叫んでいる。その何百人もがかたまって一つの大きな生き物になっていた。そのモンスターがこちらへゆっくり歩いてくる。

ケツァルが言った。

「あれは、イガミアイでございます」

イガミアイを構成する無数の顔が口々に怒っていた。

「まったく腹が立つ！」

「政治家が悪いんだ！」

「金持ちどもが悪いんだ！」

「ああ、腹が立つ！」

イガミアイはだんだんこちらへ近づいてくる。無数の顔が一斉にありかを見る。

「おまえは誰だ！」

「勝手に敷地に入るな！」

「ああ、腹が立つ！」

イガミアイの顔たちがありかへ怒りをぶつけてくる。

焦げ臭いたくさんの火の粉がありかへ向かってくる。

イガミアイの放った火の粉にまみれ、ありかの様子が変わってきた。顔が紅潮する。怒りが足元から立ちのぼってくる。火の粉をかぶったありかの体に火が着いた。炎がどんどん大きくなり、どす黒く不完全燃焼している。ありかの口からも黒い煙が漂い始めた。

——何よ、なんなのよ。その言い方は！

「ありか、そうじゃない！　炎をもらうな！」

追いついたレオがいち早くありかの変化に気づいた。

「お嬢様、焦げ臭いです！　影響されてはだめです」

ケツァルが慌てて翼でイガミアイからありかを守ろうとした。

「邪魔しないでよ、ケツァル！」

ありかはイライラしてケツァルの翼を押しのけた。

——どうして怒られなきゃならないの。ああ、イライラする。ああ、腹が立つ！

「ありか、足をふんばれ！」

「お嬢様、彼らの思うつぼです！　魔法をお使いください！」

イガミアイがどんどん近づいてくる。

無数の顔はありかにどんどん怒りをぶつけてくる。

「おまえも怒れ」

「おまえもイガミアイになるんだ」

「怒りのエネルギーで暮らすんだ」

ありかはもう立っていられないほど全身に強い怒りを感じていた。もらった火の粉に燻されて口から黒い煙が出てはまとわりつく。それが不快でますますイライラする。

――ああ、腹が立つ！　腹が立つ！　イライライライラ！

「ありか！」

レオが叫んだ。

「魔法を使うんだ！」

――腹が立つ！　腹が立つ！　魔法……？　もう、なんなのよ。

▼勇気

▼臆病

「ありか！　勇気だ。足をふんばれ。自分の炎を燃やせ！」

ありかの瞳に瞬間、知性が戻った。

――自分の炎？　何だったっけ？　勇気……？

イガミアイは怒りの火の粉をそこらじゅうにまき散らしていた。ありかの体にその火の粉が次から次へとまとわりつく。さらにイライラが増していく。

「お嬢様から煙が出ています！」

「ありか、もらった炎は消せ！　自分の炎を燃やすんだ！」

――自分の炎？　そうだ、レオに伝授してもらったっけ……。

力を抜く……。足をふんばる……。息を吸って、息を吐いて、炎を……。

ありかの内側に火が着いた。その火種に集中して気を送る。炎がだんだん大きくなる。

――すぅ、はあ、すぅ、はあ。さあ、雄叫びだ。

▽勇気

ありかは大きく息を吸って、声を出した。

「あ、ああ」

イライラがひどくて声が出ない。

――勇気、勇気……。エネルギーを高めて……。

「あ、あ、あああああああああああああああああああああ」

イガミアイにむかって、ありかは大声を出した。

ありか自身の炎が燃えて、イガミアイを包んでいく。ありかの炎に包まれたイガミアイは徐々に薄くなり、だんだん後ずさって、やがて荒地のどこかへ吸い込まれていった。

「危ないところだった」

レオが肩をすくめた。

「お嬢様、大変美しい炎でございました。赤の魔法おめでとうございます」

ケツァルがおどけた。

「え、私、赤の魔法が使えるようになったの？」

我に返ったありかが驚いて言った。

レオは、ありかに向き合って言った。

「勇気の魔法を手に入れたね。勇気がない者は、ここでイガミアイの一部になってしまうんだ。感化されて自分も怒りのかたまりになってしまうんだ。実はあのイガミアイの中には過去の参加者でここで脱落した者たちが何人も入っているんだよ」

恐ろしい事実を知って、ありかは身震いした。

「ありかは勇者だ。赤の魔法を手に入れた」

レオはその前足でありかの頬に触れた。

「ありか。君に会えて楽しかった」

——えっ、ここでレオとお別れなの？

「オレンジの国までケツァルが送るよ。君は特別な存在だね。君なら七色の魔法を手に入れるだろう」

レオは情熱的な瞳でありかを見つめた。燃えるマグマがそのまま瞳になったような強いまなざしだった。

「さよならは、どうも苦手だ！　またいつでも会えるということにしておこう！」

レオはそう言うと風のように走り去っていった。

第二章　オレンジの魔法

今日を楽しむ以上に大切なことなんてないわよ

「ジャカジャンジャンジャン、ジャカジャンジャンジャンジャン、たのしいダンス」

「ドゥビドゥドゥドゥ、ドゥビドゥドゥドゥドゥ、ゆかいな仲間」

「ラララランランラン、ラララランランラン、お腹の暖炉」

「パパパンパンパンパン、パパパンパンパンパン、ポカポカあったか～い」

「ヤッホー！」

「ブラボー！」

ケツァルの背に乗って空を長い間飛んで着いた先は、オレンジの国だった。オレンジの屋根の建物が立ち並ぶ街の中心部に大きな焚き火があって、その周りをオレンジの服を着た人たちがぐるりと囲んで輪になって踊っている。楽しそうな声が上空まで聞こえてくる。

ケツァルとありかはその焚き火から少し離れたところに着陸した。

「着きましたよ、お嬢様。こちらがオレンジの国でございます」

ケツァルは翼を伸ばしてありかを降ろした。

「ずいぶんと楽しそうな国。音楽が鳴って、みんな歌って踊っているわ」

「赤は勇気の国でしたが、オレンジの国はまた違う魔法を学ぶところなのです」

ありかが笑い出した。

「あはは！　こんなに楽しそうに踊るだけでいいんだったら簡単だわ！」

ケツァルはそんなありかをじっと見て言った。

「さあ、どうでございましょう。健闘を祈りますよ。ここから先はお一人でいってください。今後、私は色から色への移動のときにいつも現れますのでご安心を」

「えっ、ケツァルいっちゃうの？」

ありかが驚いて言うと、ケツァルはひらりと舞い上がってあっという間に雲の向こうへ飛んでいってしまった。

ケツァルがいなくなってぽつんと一人残されたありかは不安を感じたが、辺りを見回すと楽しそうなことばかりだった。ありかはふらふらと焚き火のほうへ向かっていった。

「ああら！　見かけない顔ね」

ドレスアップした婦人が声を掛けてきた。

「こんな子どもがここで何をしているんだい」

シルクハットを粋にかぶった紳士が口ひげを触りながら尋ねた。

「私は旅をしているの。オレンジの国に勉強に来たのよ」

ありかは笑顔で答えた。

「ああら、オレンジの国に来るのにそんな水兵さんみたいな恰好で？」

着の身着のままのありかは、旅に出たときのセーラー服姿だった。

「お嬢さん、ここのみんなはおしゃれが大好きなのよ。よかったらドレスをさしあげるわ。さあ、いらっしゃい」

婦人がありかの手を引くと、焚き火の周りの人たちがまた歌って踊り始めた。

「ジャカジャンジャンジャン、ジャカジャンジャンジャン、女の子はね」

「ドゥビドゥドゥドゥ、ドゥビドゥドゥドゥ、おしゃれがだいじ」

「ラララランランラン、ラララランランラン、素敵な魔法」

「パパパンパンパン、パパパンパンパン、ほらかわいいプリンセス」

「ヤッホー！」

「ブラボー！」

ありかはくすっと笑った。

――ここの人たちったら、何でもかんでもこうして歌にして踊るんだわ。

すっかり楽しい気分になって婦人に手を引かれるままに近くの店に入った。オレンジ色の日よけが入り口についたその店の中にはドレスがずらりと並んでいた。

「さあさ、たくさんのドレスがあるわよ。これはちょっとセクシーすぎるかしら。こっちのちょうちん袖は子どもっぽいわね。ああら、これがいいわ。膝丈だから動きやすいし、五分袖で気品もあるわ！」

そのお店の中にあるものは何もかもオレンジ系統の色だった。

「その靴は合わないわね。こっちのみかん色のハイヒールはどうかしら」

――ハイヒールなんかじゃこれからの旅ができないわ！

「あの、私はこの制服のままでいいんです。靴もこのスニーカーで大丈夫です」

必死で拒絶するありかを婦人は不思議そうに見る。ありかをオレンジの国の人たちが取り囲んでわあわあとしゃべりだす。

「リボンをつけるのはどう?」

「そうだ、口紅もつけようか」

「嫌よ！　お化粧なんて！　まだ子どもなのよ！」

盛り上がるオレンジの人たちを振り払うようにありかは叫んだ。

オレンジの人たちはニコニコしたままだった。

「おしゃれは最高に楽しいものなのに」

「見染められたらなおさら幸せ」

「恋がはじまりますます幸せ」

「ラララランラン」

オレンジの人たちがまた歌いだしそうだったので、ありかは慌ててそれを制するように言った。

「ねえ、オレンジの魔法はどこで習得したらいいの？　私、そのために来たんです。魔法の修行のために来たんです」

オレンジの人たちはお互いに顔を見合わせて困ったような顔をした。

「修行だなんて」

「今日を楽しむ以上に大切なことなんてないわよ」

「オレンジの魔法なんて」

「あとにして踊りましょう」

「ドゥビドゥドゥドゥ」

「わかった！　わかった！　まだ歌わないで！　話を聞いて」

ありかの剣幕にみんなが黙った。

「私は虹の魔法を一つずつ習得するための旅をしています。ここの前は赤の国で赤の魔法を習得してきました。こちらのオレンジの国にも必ず魔法があるはずなんです。どなたか、そういう話を聞いたことのある方はいらっしゃいませんか？」

そのとき、一人の男の子がすっと前に出てきた。パーカーを着て半ズボンを履いたその男の子は、恥ずかしそうに色白の頬を染め、ありかのほうへおそるおそる歩み寄る。

「こらクラウディ！　おまえはひっこんでろ」

「おまえが出てくるとしみったれた空気になる」

「ジャカジャンジャンジャン、ジャカジャンジャンジャン、おまえはいつも」

「ドゥビドゥドゥドゥ、ドゥビドゥドゥドゥ、陰気な表情」

「ラララランランラン、ラララランランラン、クラウディ、クラウディ」

「パパパンパンパン、パパパンパンパン、まるでぼんやり曇り空！」

クラウディと呼ばれたその男の子は、ありかよりも少し年下に見えた。

みんなに馬鹿にされ、唇を噛みしめていたが、真っ黒な瞳がありかを見つめている。

「ね、ねえ、きみ。ぼくはきみの質問に答えられるかもしれないんだ」

ありかはクラウディのまっすぐな瞳に信頼できるものを感じた。

「こんにちは、クラウディ。私はありか。あなたのお話を聞きたいわ」

「じゃあ、一緒に来て」

クラウディはそう言うと、ありかを町はずれの公園へ連れていった。

カエルの噴水の前のベンチで

大きなカエルの形をした噴水の前のベンチに二人は並んで腰かけた。

「よろしくね、クラウディ。それにしても曇りだなんて不思議なお名前ね」

クラウディは膝に置いた手を見つめるようにして小さい声で言った。

「あだ名なんだ。ぼ、ぼくのことを馬鹿にして、みんなそう呼ぶんだ」

ありかは自分と同じように周りから馬鹿にされているというクラウディのことを、弟のようにかわいいと思った。

「素敵な響きよ。クラウディ」

「ありがとう。でもここでは、いつも笑っていること、はしゃいでいること、お祭り騒ぎをしていることが大切なんだ。ぼ、ぼくはそういうのが苦手で、いつも陰気な表情をしているって、だから、まるで、曇り空みたいだって、みんな、ぼくを……、馬鹿にして……」

クラウディの膝に置いた手に大粒の涙がぽとぽとと落ちた。

「そんなことないわよ。曇り空って、風情があって好きよ」

「風情？」

「どの空もすばらしいけれど、曇り空って気持ちが落ち着くから」

「そ、そんなことを言ってくれた人は初めてだよ」

クラウディは涙を拭いてにっこりと笑った。

「あら、笑った顔もとってもかっこいいわよ、クラウディ」

ありかは姉のような微笑みでクラウディの笑顔を称賛した。

クラウディは照れたようにもう一度笑うと、まじめな顔になって話し始めた。

「みんなに馬鹿にされるといつもこのカエルの噴水のところに来て、思いっきり泣くんだ。ここならみんな来ないから」

「私と一緒だわ、クラウディ」

「一緒？」

「あのね、私も学校でみんなからいつも馬鹿にされているの」

クラウディは赤くなった瞳でありかをまじまじと見た。

「きみが？　そんなふうには見えないのに」

「だから少しはわかるわ。あなたの気持ち……」

ありかはクラウディに微笑みかけた。

クラウディはその微笑みに力を得たように続けた。

「あのね、さっきの話。ありかさんはオレンジの魔法を手に入れたいんだよね」

「そうよ、そのためにここへ来たの」

ありかは大きくうなずいて言った。

「それならぼくは、ありかさんの役に立てるかもしれない」

「まあ！」

ありかはじっとクラウディを見つめて話の続きを促した。

「あのカエルが、ある日ぼくに話しかけてくれたんだ……」

そこからクラウディが話したことは、確かにありかが求めていたことだった。


ある日、クラウディがみんなに馬鹿にされてこの噴水のベンチへ逃げてきて夕暮れまでずっと泣いているとどこかから声がした。

「思いっきり泣きなさい。涙を流すのはいいこと」

誰？　クラウディがきょろきょろしても人っ子一人見当たらない。

「ここだよ。涙の流れのミナモト」

声のするほうを見上げると、噴水のカエルが目から水を流しながらクラウディに話しかけているのだった。

「おいらは、オレンジの国の涙のミナモト。おいらがみんなの代わりに、ここでずっと泣いているんだ。きみはときどきここでいっしょに泣いてくれる仲間。嬉しいから、今日は思わず声をかけたんだよ」

クラウディはいつもここに来ていたが、目の前の噴水のカエルと話をしたのはこの日が初めてだった。

「ミナモトさん。ぼく、悲しいんです……」

クラウディは聞き手を得て感情が増していくのを感じた。

「悲しいんだね……、悲しいんだね……」

ミナモトさんが同調してくれるので、クラウディの悲しみはどんどん増していく。

「悲しいんです……、悲しいんです……、ええん、ええん……」

ミナモトさんは、辛抱強くクラウディが泣き止むのを待っていた。泣いている間はけっして邪魔しようとしなかった。

しばらくしてようやくクラウディが泣き止んだ。

「気分はどうだい？」

「あれ？　なんだかすっきりしてる」

泣く前はエネルギーが体内に変なふうにこもっていたのに、今ではすっきりして視力さえよくなったように感じられた。

「気がすんだかい？」

ミナモトさんはそっとクラウディに話しかけた。

まだ涙のほうに戻ろうとする気持ちもある。けれどもクラウディの中の何かが「もうじゅうぶん」と言っていた。

「もうじゅうぶん」

するとミナモトさんは「わーっはっはっは」と、反り返るようにして大声で笑った。

クラウディがきょとんとして見ているとミナモトさんは明るい声で言った。

「さあ、きみも笑おう。わーっはっはっは」

「え、ええっと、わはは」

「もっとだ、もっとだ、お腹の暖炉がポカポカするまで！　わーっはっはっは」

「わはは、わはは、わーっはっはっは！」

「そうだ、その調子、どうだい？　気分は」

クラウディは泣きたい気持ちが消え失せて、明るい気持ちになっているのに気づいた。

「な、なんかさっきより明るい気持ち……」

「今、きみは自分で感情のレバーを切り替えたんだ。すごいぞ。これはオレンジの国に古くから伝わる大切な魔法だ。明るいほうへ自分を切り替える陽という魔法なんだよ。これができればどんなことが起きても自分でレバーを切り替えられる」

「陽……、魔法……、明るいほうへ」

「そう、明るいほうへ」


クラウディはカエルのミナモトさんとの会話について話し終わると、ありかに向き合って言った。

「だ、だから、ぼくは、オレンジの国の魔法を知っているかもしれない。けどいつもできるわけじゃないんだ。いつも陽になるのは、む、むずかしいよね」

ありかはにっこり微笑んで言った。

「クラウディ、ありがとう。オレンジの魔法は陽なのね。赤の魔法は勇気だったよ。陽ってなんだか楽しそうな魔法で嬉しいな」

クラウディはうつむいた。

「そ、そんなふうに思えるありかさんはすごいよ。ぼくは、みんなにからかわれていつも陰気な気分だよ。陽へ自分を切り替えるのは、ま、毎日大変なことなんだ」

確かにそうだとありかも思った。死のうとしているこの気持ちを陽に切り替えることは自分にはできなさそうだ。

「確かに、それはとっても難しいことね」

オレンジ色の夕陽が公園を照らしていた。気がつけばもう日が落ちる時間になっていた。

「そ、そろそろキャンプファイヤーの時間だよ」

クラウディがおどおどとありかの袖をひいた。

感情の谷底に飛ばされて

広場のほうへ戻ると、キャンプファイヤーどころではなくそこらじゅうがオレンジ色をしていた。焚き火が強風で近くの木造の家に燃え移り、複数の家々の屋根や窓枠やカーテンがめらめらと燃えていた。

「あなたあああああ」

さっき、ありかにドレスを選んでくれた婦人が半狂乱のようになって、燃えている一軒の前で絶叫していた。人々が婦人を取り押さえ、燃え盛る家の中へ入っていかないようにしている。

「あなたあああああ！　ねえ誰か助けて、あの中にうちの旦那が！」

白いひげをたくわえたおじいさんが首を振った。

「落ち着け。中にいるとは限らない。あんたの旦那は漁港に魚を買いにいくと言っていた」

革ジャンを着た青年が話に入ってきた。

「おれも見た。漁港のほうへ歩いていった」

さあとにかく消火、と人々はバケツをリレーしながらどんどん水をかけていった。火の勢いになかなか追いつかず、バケツのリレー要員が一人二人と増えていく。

「ジャカジャンジャンジャン、ジャカジャンジャンジャン、あんたの旦那は」

「ドゥビドゥドゥドゥドゥ、ドゥビドゥドゥドゥドゥ、漁港にいった」

「ラララランランラン、ラララランランラン、さあどんどん消火しろ」

「パパパンパンパン、パパパンパンパン、さあ明るく考えろ」

歌いながらバケツリレーをする人々をありかはあっけにとられてみていた。

「こんな、こんなときにも歌を歌うの？　だってあの人のご主人がもしかしたら……」

隣にいたクラウディが人差し指を口に当てて「しいっ！」と叱った。

「ありかさんそれは言っちゃだめ。こういうときこそみんなで陽の魔法を使うんだ」

半狂乱に叫んでいた婦人は、大声で歌いながら行われているバケツリレーに合わせて、あろうことかいつのまにか踊り始めていた。恐怖に歪んでいた顔に笑みさえ浮かべている。

婦人は独唱をはじめた。

「ジャカジャンジャン、ジャカジャンジャンジャン、うちの旦那は」

「ドゥビドゥドゥドゥドゥ、ドゥビドゥドゥドゥドゥ、きっと無事だよ」

「ラララランランラン、ラララランランラン、さあどんどん消火して」

「パパパンパンパン、パパパンパンパン、さあ陽に切り替えよう」

バケツリレーはどんどん進められ、ようやく建物が鎮火しはじめた。男たちが建物の中に入っていく。

「おおい、旦那あ」

「誰もいないか」

建物の中には黒焦げになった家具はあるが、幸い誰もいなかった。

そこへ、出かけていた旦那がちょうど帰ってきた。旦那は変わり果てた我が家を見て叫んだ。婦人が駆け寄り、夫婦は互いの無事を認めて泣き崩れた。

そのときだった。

「わあああ、レイニー！」

悲痛な叫びが火事の建物の裏側の小路から聞こえた。

ありかが慌ててそこへ回ってみると、そこには猫を抱いたクラウディが立っていた。

「クラウディ？」

「ぼ、ぼくの」

クラウディの目から洪水みたいに涙があふれていた。

「ぼ、ぼくのネコなんだ。この仔は捨て猫で、いつもぼくがごはんをあげて、レイニーっていうんだ。レイニー、レイニー。ああ、レイニー」

レイニーは静かに目を閉じていた。

クラウディは口をかっと開けた。叫ぶのかとみえた。しかし叫び声はあげなかった。常軌を逸した表情でレイニーをそっと置くと、立ち上がり歩き始める。

「クラウディ？」

クラウディはふらふらと歩き始める。

「クラウディ、だめよ、ほら、魔法！　魔法！」

▼陽
▼陰

「魔法よ！　陽を選ぶの。レバーを切り替えるのよ！」

いつしかクラウディは走り出していた。ありかもクラウディを追いかけて走る。

「だめよ、待って、クラウディ。あぶない。魔法を使って！　お願い！　感情のレバーを切り替えて！」

「そんなの無理だ！　こ、こんなひどいことがあったのに、そんなの無理だ！」

クラウディが叫びながら走る。

「いいえ、使えるわ！　陽の魔法を使えるわ！　感情のレバーを切り替えて！」

ありかも叫びながら追いかける。

「嫌だ、嫌だ。みんなみたいにぼくは明るい性格じゃないんだ！」

「クラウディ待って！」

「どうせ陰気なぼくの人生は嫌なことばかりなんだ！」

▽陰

大きな音が突然クラウディの言葉をかき消した。

通りを横切ってきた馬車が、追突の衝撃で止まっていた。

「クラウディ？　うそ、クラウディ！」

辺りが静けさに満ちた。

見回してもクラウディの小さな体はどこにもなかった。

「クラウディ？　あれ？　どこ？　どこへいったの？」

騒ぎに集まってきた男たちが嘆くように言った。

「感情の谷底に飛ばされちまったんだなあ」

「あそこへ飛ばされたのは久しぶりだ」

「誰が助けにいくのやら」

ありかは男の一人につかみかかるようにして言った。

「クラウディはどこへいったの？　クラウディが消えちゃった！」

男は口ひげを触りながら話し始めた。

「クラウディはな、感情のレバーが壊れて感情の谷底へ体ごと飛ばされたんだよ。感情ってのはね、出しすぎもよくない、出さなさすぎもよくない。クラウディみたいにいつも出していない奴が一番危ない」

「だから言わんこっちゃない」、他の男が口をはさんだ。

「感情のレバーがぶっこわれた奴はああして感情の谷底に送られるんだ」

「そうそう、おれも子どものころに飛ばされた」

「もうあんなところにはいきたくねえ！」

ありかはいらいらして男の体を叩いた。

「ねえ、誰か助けにいかないの？」

男たちは黙ったままだ。

「クラウディの父ちゃんと母ちゃんがいればな……」

一人の男がぼそりと言った。

「クラウディの両親は、事故で死んじまってね、あれからあいつはいつも曇り空みたいな奴になっちまったんだよ」

もう一人の男も肩を落として言った。

「感情の谷底へ迎えにいくのは大変なんだ。親でもないと、なかなかそこまで感情を膨らませて飛ぶのはなあ」

ありかは男にしがみついて言った。

「飛ぶってどうすればいいの？　私がいくわよ！　クラウディを迎えにいくわよ！　ねえ、どこなの？　感情の谷底は？」

男たちは一様に首を振った。

「どこって言われてもなあ」

「思ったところがそこなんだ」

「歩いてたどり着くようなところじゃないんだ」

このままではらちが明かない。

「もういいわよ！　私が探す！」

ありかは街の人々が止める声を背中に聞きながら、とにかく歩き始めることにした。ぶんぶんと手を振って歩みを進める。

――クラウディ、クラウディ。どこにいるのよ、どこへ迎えにいけばいいの？

「思ったところがそこなんだ」

さっきの男の声が脳内でこだました。

――思ったところがそこ？

ありかはふと歩みをとめた。

――そうか、思ってみよう。

ありかはクラウディのことを思った。ああ、クラウディ。おどおどした瞳、小さくてかよわそうな体、鈴のようにふるえる声、そして、どもりながらも一生懸命しゃべる、あのかわいらしい赤い唇……。

――クラウディ！　ああ、クラウディ！

「思う」を詳細にやっていくと、感情が高まってくるのを感じる。

――もう会えないのかしら。クラウディ、一緒にいられた時間はあんなに短かったのに、まるで弟みたいにかわいくて。クラウディ、ああ、会いたい！

「思う」をやればやるほど、感情はどんどん増して、破裂しそうな風船のようにパンパンに膨らんだ。気持ちが膨らんで、膨らんで、はちきれた！

パン！

目の前が突然真っ白になった。

夢の中の夢

気がつくとありかは不思議な世界にいた。そこはまるで高速で回転する万華鏡の中のような世界だった。両側の切り立った崖に挟まれた深い谷底じゅうにいろいろな暗い色が無数に浮遊していた。

「何、この暗い色の洪水のようなところ。目がくらんでしまいそう」

ありかは高速で瞬く景色の中に何かをとらえようと目を凝らした。

――ここが感情の谷底なのかしら……。

そこへ一筋の煙のような濁った黄色の細いかたまりが、ありかのほうへ漂ってきた。

「ああ、自信がない」

その声はどこかで聞いたことがあった。すごくよく知っている誰かの声だ。

「ああ、誰かをいじめて優位に立ちたい……」

この声は、いつもありかをいじめる同じクラスの男子の声だ。この間も帰り道で「虹さーん！」と馬鹿にしたあの嫌な男子の声だ。その煙のような黄色は、ときおり灰色にまだらになりながらどこかへ消えていった。

今度はくすんだ赤のかたまりが近づいてきた。

「ああ、焦るなあ」

くすんだ赤の声もどこかで聞いたことのある声だった。

「どうすればいい先生になれるんだろう。ああ、焦る。焦る。焦る」

――まあ、この声は先生の声だわ。私の虹さんへ書いた手紙を読んでくれたあの声と同じ。先生にもこんな感情があったなんて……。

そこは陰の感情が集まった感情の谷底だった。陰気な感情たちが負のエネルギーとなって浮遊している。陰の感情はそれぞれかたまりになって色をもち浮遊しているが、それぞれに影響し合い、伝染し合い、混じり合って、どんどん陰気さを増していくのだった。

ありかの感情エネルギーに呼応して、ありかに関わりのある人たちの負の感情エネルギーがどんどん寄り添ってくる。いじめる男子や先生をはじめ、見知った人たちの感情エネルギーが次から次へと現れては消えていく。

やがて大きなかたまりが現れた。にぶいピンク色のかたまりだった。

「ああ、心配だわ……」

その声は、ありかのママのものだった。

「ありかはどこへいったのかしら。どうして上履きのまま帰って来たのかしら」

そして黒ずんだサーモンピンクの大きなかたまりが現れた。

「ああ、俺が駄目だったんだ」

自分を責めて後悔しているその声は、ありかのパパのものだった。

「ちくしょう、もっと俺がしっかりしていれば」

――まあ、どうしよう！

ありかの冒険は二日目に差しかかっていた。かわうその説明では七日間の期間を終えると元の時間に戻るから誰にも心配をかけることはないということだった。元の世界では一秒も経っていないから安心してよいと説明を受けたはずだった。

――だからパパとママが心配しているわけはないいんだけれど。じゃあ、なぜパパとママの感情がここに来ているのかしら。

「これは、夢の中の夢」

どこかから幼女のような甲高い声がした。

「夢の中の夢のお話。けれど、夢の中と夢の中はつながっているの。パパとママは今頃夢の中で夢をみているの。その夢とこの夢はつながっているの」

——誰？

足元にキラリと光る何かがあった。

「あたしは雲のきれはし」

それは小さい雲だった。うっすらと七色に輝いている。

「助けて、プレイス」

その小さい雲は、何かキラキラしたものにからめとられて動けないでいた。

「あたしは蜘蛛の糸にかかった雲」

七色に輝く小さい雲は、銀色に美しく光る蜘蛛の糸に捕まっていた。

「助けて、プレイス」

ありかは注意深く蜘蛛の糸を切り離し、雲を助けた。

「ありがとう。ああ、助かりました」

「どういたしまして。ここでは雲までがしゃべるのね」

小さい雲はキラリと七色に輝いた。

「あたしは彩雲の子ども。虹の使徒です。虹の魔法の冒険をする人たちはあたしのお友達よ。ましてやあなたはかの有名なプレイスだもの。お会いできて嬉しいわ」

ありかは彩雲の子どもと話せるなんて最高に幸せだと思った。

「ありがとう、雲ちゃん」

小さい白い雲は恥ずかしそうにキラリと七色に輝くと言った。

「あたしにも名前があります。あたしの名前は浮雲」

「まあ、浮雲ちゃん。虹のカケラみたい。いえ、彩雲のカケラなのね」

浮雲はキラキラと自らを輝かせてみせた。はしゃいでいるようだ。

「ところでどうして私がプレイスだって……」

浮雲は慌てて、かぶせるように言った。

「あ！　間違った！　あたしドジだわ。それは内緒だったのに。ごめんなさい、わけは言えないの。けれどもあなたはどうしたってプレイスなの」

困ったように言う浮雲をそれ以上は追及できなかった。

「それじゃ、どうして浮雲ちゃんが感情の谷底にいるのかしら」

ありかが聞くと浮雲は耳元に飛んできてささやいた。

「プレイスがこの谷底に来るのは想定外だったの。ここはちょっと危ないところだから虹さんが誰かを派遣しろって。けどみんな手が空いていなくてあたししか来れなかったの。あたしドジだから来る早々蜘蛛の糸にかかってしまったの」

「蜘蛛の糸にかかった雲を助けるなんて！」

ありかの言葉に浮雲がキラキラして笑った。

「ねえ、オレンジの街へ戻りたい？　それともクラウディを助けたい？」

浮雲の問いにありかはびっくりして答えた。

「クラウディを助けたいに決まっているじゃない！　どうしてそんなことを言うの？」

浮雲はキラキラを少し抑えて言った。

「だってそれはとても大変なことだから。プレイス、ここでオレンジの魔法の習得をする？　そうしたらクラウディを助けられるんだけれど」

数百数千というネガティブの感情エネルギーたちが、二人を囲うようにそこかしこに浮遊し、動き回っていた。

「あの感情エネルギーのどれかに影響されてしまったらもうここから帰れなくなるの。感情は同調を求めているの。ほら」

濁った紫のエネルギーがすっとありかのそばへ寄り添ってきた。

「ああ、悲しい。ああ、どうせ私なんて。ねえ、一緒に悲しみましょう」

ありかの胸に忘れていた悲しみが浮かび上がってきた。

――そうだ、私はいつも馬鹿にされていた。ああ、どうせ私なんて。

「プレイス、同調してはだめ」

浮雲が耳元にやってきてささやいた。

続いてくすんだ水色がやってきた。

「ああ、面倒だ。さあ、怠惰になろう。ぐうたらに過ごそう」

くすんだ水色の声を聞いているうちに、ありかのやる気がだんだん萎えてきた。

――そうか、やめたっていいんだわ。いつまでもここで過ごしていたってかまわない……。

「プレイス、影響されないで。この冒険をやめてはだめよ。同調しないで、お願い」

浮雲のささやきが少しずつ遠のいていく。

そのときだった。大きいかたまりが前方から地を這うようにしてやってきた。そのかたまりは闇のように真っ黒だった。眼の前に黒い穴が開いたようだ。

「ああ、不安だ。さあ、おまえにも不安のマントをかけよう」

暗くて湿気を含んだ黒いものがふわりとありかの体にかけられた。

「ああ、不安だ、不安だ」

黒い闇がありかの心の中の不安にしみこんでいく。

——本当だ。あの安心できる寝室にいたはずなのに、かわうそに連れられて池の中の洞窟を通り抜けて、こんな世界に来てしまった。こんなところにいて、不安で当たり前だ。そうだ、私は不安だったんだ、とても不安だったんだ。

「それっ！　今度は恐怖のマントだ」

さらに黒いものがありかの心の奥の恐怖に向かってかけられる。

「怖いだろう。恐ろしいだろう。この世は実に恐ろしいものなんだ」

——そうだ、怖い。どうしてこんな冒険なんかしているんだろう。怖いよう。

ありかの様子を見ていた浮雲がキラキラを増して警告した。

「だめよ、プレイス。あなたはみんなの宝のありか。あなたは虹の魔法を手にするべき人。こんなところで負けないで」

浮雲がどんなに言ってもありかの様子は変わらない。

——怖い、怖い、怖い。

闇のかたまりは嬉しそうに膨張した。

「いいぞ、いいぞ。さあ、絶望の奈落へ一緒にいこう」

膨張と収縮が交互に起こり、闇の真ん中から吸引の力が増幅した。

ありかは立っていられなくなり、ふらふらと闇の真ん中へ吸い込まれていく。

「だめよ、プレイス。ああ、どうしよう。あたし、虹さんに怒られてしまう。陽の魔法を使って！」

▼陽
▼陰

浮雲の言葉はもはやありかの耳には届かない。ありかは、不安だ……、怖い……、とつぶやきながらふらふらふらと闇の真ん中へ向っていく。

浮雲が叫ぶ。

「絶望の奈落にいっちゃだめ！　陽の魔法を使って！」

浮雲は自分の七色のキラキラをありかに向かって飛ばし始めた。それは光線のようにありかの体に少し届いた。

――え？　陽？

　ようやくありかが我に返った。

「そうよ、プレイス。陽の魔法よ」

　浮雲はさらに自分の七色のキラキラをありかに送った。そのたびに浮雲はだんだん薄く霞んでいく。

――陽の魔法……。けれど、こんなに怖いんだもの。それにとても不安。きっと無理よ。もうあきらめよう。絶望だ……。

　闇のかたまりがさらに膨張と収縮を繰り返し、吸引の力を強めた。

「さあ、おいで。絶望の奈落ではみんなが絶望しているんだ。絶望はとても良いものなんだ。楽になりたいだろう、絶望の奈落へいこう」

　闇のかたまりのささやきがありかには優しく聞こえた。

――そうか、絶望すればいいんだ……。

「プレイス！　プレイス！　陽の魔法！　お腹の暖炉をポカポカにするの！」

　浮雲はもうかなり薄くなっていた。あとほんの少し残っている七色のキラキラをありかに送ったら、浮雲の存在は消えてしまいそうだ。

「プレイス！　虹の魔法を使うのは、あなたなのです」

最後の力を振り絞って浮雲は七色のキラキラをありかに送った。

「陽！」

▼陽
▼陰

その微弱な光線は、頼りない放物線を描いて、ありかの体に届いた。

——陽の魔法……。どうやるんだったっけ……。

浮雲の叫び声がする。

「プレイス！」

もう、浮雲はすっかり薄くなり、そして消えた。

「……プレイスってばあ！」

声だけが残響のように聞こえた。

「わあああん、わああああん、あたし助けられなかったわ。わあああああん、わああああん、虹さん、どうしよう……」

――浮雲ちゃん？　泣いている……。

わああああん、わあああああん……。ありかはクラウディから聞いたカエルのミナモトさんの話を思い出した。

――陽に切り替える……。そうだ……、ミナモトさんが言っていた魔法……。

▽陽

ありかは自分の下腹部に明るいものが灯るのを感じた。

――レバーを切り替えるんだったわ！

明るいものはありかの意志に共鳴するように少しずつ大きくなっていった。

――感情のレバーを陽に！

ありかは自分の内側にある絶望のエネルギーのかたまりを押しのけようとした。レバーをぐいと切り替えるように、絶望から抜け出そうとした。目の前の黒い闇が少しずつ薄くなっていく。

——そう、クラウディが教えてくれた！　クラウディを助けなきゃ！　感情のレバーを陽に！　そうか、これがオレンジの魔法！

　ありかは自分の内側の感情に意識を集中し、感情のレバーを陽に切り替えるようにイメージし、そのエネルギーをまだ黒く残っている闇のかたまりに向かって放ってみた。さらに闇のかたまりの黒が薄くなる。

——そうだ、街の人たちみたいに……。

　ありかはそう思いついて適当な歌詞で歌を歌った。

「ジャカジャンジャンジャン、ジャカジャンジャンジャン、たのしい冒険」

「ドゥビドゥドゥドゥ、ドゥビドゥドゥドゥ、ゆかいな出会い」

　足を踏み鳴らし、手を叩いて踊った。

「ラララランランラン、ラララランランラン、絶望なんて」

「パパパンパンパン、パパパンパンパン、するわけないわ！」

　無理やりはしゃいで踊った。陰気なかたまりたちを振り払いながら踊った。

「ヤッホー！」

「ブラボー！」

ありかの歌を嫌がるように、闇のかたまりは無数にちぎれて霧散していった。周りの陰のかたまりたちも突風が起こったようにありかからどんどん遠ざかっていった。やがて暗く濁った色たちが明滅していたその谷から、かたまりたちはいなくなった。

暗く濁った色がすっかりなくなると、目の前の土の上に、クラウディが膝をついて泣き崩れているのをありかは見た。

「クラウディ！」

クラウディは両目から涙を流していたが、表情は喜びでいっぱいだった。

「ありかさん、ありがとう」

クラウディの顔はもう曇り空ではなかった。

「ありかさん、ぼくは大丈夫です」

クラウディはありかの手を取って言った。

「きみがオレンジの魔法を見せてくれたから、ぼくも習得できると思います。いや、やらなければならないんだ。感情のレバーは自分で陽に切り替えなければならないんだ。きみのおかげだ。ありがとう……」

ありかは思いきりクラウディの手を握った。

「ああ、クラウディ！　よかった……、よかった……」

そのとき、二人の頭上に大きなかげが現れた。見上げるとそこには悠然とケツァルが飛んできた。

「お嬢様、オレンジの魔法の習得おめでとうございます」

「ケツァル、来てくれたの」

「はい。それでは黄色の国へまいりましょう」

「待って、クラウディとお別れなの？　ねえ、クラウディも一緒にいきましょうよ」

クラウディはゆっくりと首を左右に振った。

「ぼくはいかないよ」

健全な笑顔の少年がそこにいた。

「ぼくはこの世界の住人です。ぼくはこのオレンジの国が好きなんだ」

ほんの少しの出会いだったけれど、弟のようにかわいいと思ったクラウディを、ありかはしばらくの間抱きしめた。

ケツァルが翼を降ろすと、ありかはケツァルの背に乗った。

そしておごそかに宣言した。

「いってきます！　黄色の世界へ！」

いってらっしゃい、というようにクラウディが穏やかな微笑みを返した。

ケツァルはふわりと飛び立つとあっという間に空高く上昇した。

第三章

黄色の魔法

知性の国へようこそ

長い飛行を経て、ケツァルとありかは黄色の国に到着した。上空から見るとそこは塔が立ち並ぶ街だった。見渡す限り塔が建っていた。一番奥に飛びぬけて大きい塔があった。教会の鐘が七回鳴った。

「おはようございます。七時です」

誰かの声がスピーカーを通して街じゅうに流れた。鼓笛隊が通りを行進していた。ピーッピピ、ピーッピピ、ピーーーーーッ、ピッピッ。

「一同、整列！」

街の入り口には大きな時計台のある石畳の広場があった。鼓笛隊は広場に着くと、一ミリの狂いもないほど美しく整列した。

「この広場に降りましょう」

ケツァルは鼓笛隊の邪魔をしないように広場の隅にひっそりと着陸し、ふわりと翼を広げてありかを降ろした。

海が近いのか、かすかに潮の匂いがした。

「着きましたよ、お嬢様。ここが黄色の国です」

ありかはきちんと並んだ姿勢の良い鼓笛隊の人々を見て言った。

「なんだか厳しそうな国ね……。あんなにきれいに並ぶなんて、うちの学校じゃ無理無理」

ケツァルは大きなくちばしを開いて笑った。

「確かに厳しい国です。ここの人たちはとてもきちんとしていて知性的です。秩序ある社会を形成しています。お嬢様、スカーフの結び目が少しゆるんでいます。それから髪も乱れています。さあ、きちんと身なりを整えたら、黄色の魔法を学びにいってらっしゃい」

ありかは髪の毛を整え、セーラー服のスカーフを結びなおすと、広場の奥にある石造りの門へ歩いていった。この奥に塔が立ち並ぶ黄色の街がある。門扉はしっかりと閉まっており、ピンと背筋を伸ばして門番の少年が立っていた。

「もし、ちょっとそこの君。こちらにて検問を」

辛子色の帽子を目深にかぶった少年がありかを呼び止めた。

「検問？　どうしたらいいの？」

ありかが聞くと少年は用紙を出して記入を促した。

「ここに君の名前を書いてください。それから年齢と身分と住所と連絡先を」

望月ありか、十四歳、中学二年生、三日月市……。ありかは渡されたペンで記入した。

少年は記入された紙を読んでかすかに眉をあげた。

「いいでしょう。お通りなさい」

石造りの門が開かれ、ありかは黄色の街へ入っていった。

きょろきょろしながら歩いていると、一人の若者が声をかけてきた。

「恐れ入りますが、あなたさまは旅のお方でしょうか」

黒髪を撫でつけ上品な白いシャツの前ボタンを首元まで全部とめた、きちんとした印象の若者だった。手に分厚い山吹色の革表紙の手帳を抱えている。

「はい。私は望月ありかです。虹の魔法を学ぶ旅をしているんです」

若者は礼儀正しく会釈した。

「そうですか。黄色の国へようこそ。ではこちらで黄色の魔法を習得されるのですね」

「はい。どこへいけばそれができるかしら」

若者は心得たように話し始めた。

「もっとも賢いお方、賢者に会うことです。あなたはそのお方に会うことになるでしょう。

ここは知性の国です。賢き者が尊敬されています。生きるためには、よき知識を身につけ、自らを律し、秩序ある社会に貢献でき、内なる輝きをもった人生の操縦者であることが何よりも大切なのです」

ありかにはちょっと難しい話だった。

「では賢さとは何か。これはまったくもって難しい問題です。賢きふりをする者がいるからそれをさらに難しい問題にしています。真の賢き者とはどのような人なのか。それを私たちは命題とし、日々そのための情報収集に励んでいるのです」

ますます話が難しくなっていく。若者は革の手帳を大事そうに触りながら話を続けた。

「そもそも真の賢さを我々はもっているのだろうか、ということも重要な問いの一つとなりましょう」

若者は眉間にしわを寄せて首を振り、悩ましい表情をつくった。

そこへ自転車に乗った青年が来て、辺りの人に新聞を配り始めた。

「朝刊です、朝刊です」

インクの匂いがしそうな刷りたての新聞を若者が一部受け取って一部をありかに渡した。

「さあ新聞を読みましょう。あなたもどうぞ。毎朝の大切な時間です」

さらに一台、また一台と新聞を配る自転車が現れた。

「朝刊です、朝刊です」

若者はそれぞれの自転車から新聞を二部ずつ受け取って一部をありかに渡す。たちまちありかの両手は新聞でいっぱいになった。

「たくさんの新聞を抱えるのは幸せなものでしょう」

その言葉にありかは笑った。

「スマホやパソコンで事足りるもの。こんなに新聞を読んだことなんてないわ」

そう言われて若者は嬉しそうにはにかんだ。

「このくらいは当たり前ですよ。賢者は毎日百誌の新聞を読んでいるというんですから、本当に尊敬します」

「毎日百誌？　そんなに読めるなんてすごい人ね、その賢者という人。それからこの国に新聞が百誌もあることにも驚きだわ！」

若者はほめられたように思ってさらにはにかんだ。

「いやあ、賢者は『この世のすべてを知る人』ですから、この国の隅から隅までを知り尽くしていらっしゃるのです。賢者にすべてを知らせたいのでいろいろな新聞社ができて、百誌にもなったのです」

百誌を毎日読む人がいるなんて、とありかはびっくりした。

「その賢者という人は、どんな人なのですか?」

若者は満面の笑みを浮かべて、街の一番奥にあるずば抜けて大きい塔を指さした。

「あの知識の塔に住んでいるお方です。この黄色の国で一番偉いお方です。なんといっても『この世のすべてを知る人』ですから、それ以上に偉いお方はいないのです」

ありかはちょっと疑問を感じて聞いた。

「すべてを知る人が一番偉いの? 一番強い人じゃなくて?」

若者は首を左右に振ってそれを否定した。

「強さも重要なことですが、ただ強いだけでは愚かです。愚かであることは、この黄色の国ではもっとも罪なことなのです。人はみな愚かなのです。そこから成長し、賢くなっていくこと。それが人生なのです」

愚かさから賢さになっていくことが人生……。赤やオレンジとはまったく違う価値観の国であることを、ありかは徐々に理解していった。

「ご理解いただけましたか?」、若者はありかの瞳をのぞき込むようにして言った。

「私は黄色の国を訪れた皆様へ説明をする係なのです。申し遅れましたが、私はスチュといいます」

「スチュ?」

「はい、スチューデントのスチュです。あだ名なのです」

「あなたは、生徒?」

スチュは大きくうなずいた。

「はい。私は学ぶことが大好きなのです。学校そのものも好きですし、ノートを開いて学習する行為そのものもとても好きです。自宅で学習をするときには部屋を箒で掃いてきれいにしてから臨んだり、学校の黒板を拭いたりすることもとても好きです。つまり生徒であることが好きなのです。そんな私をいつしか周りがスチュと呼ぶようになったのです」

スチュは色白の頬を赤らめて言った。

ありかは自分の学校生活を思った。ノートにきれいにまとめていくことや、好きな文房具をきちんと並べて学習机の周りを整えることなどは自分も好きだと思った。

スチュが腕時計を見た。

「七時四十分です」

「ずいぶんと大きな腕時計ね」

ありかがスチュの腕をのぞき込むようにして言った。

「大きいですか？　この国ではみんなこのくらいのサイズのものをしています。スケジュールを自ら組み、時間通りに行動することで自分の人生に秩序が生まれますから、時間を知ることはとても知性的なことなのです」

ありかはまた自分の学校生活を思った。そういえば小学校の夏休みのとき、「一日の行動計画」を作るように先生に言われた。計画通りに過ごせた日は胸をさわやかな風が吹くような気持ちよさを感じたものだ。

「時間割を作ってその通りにやると気持ちいいよね。ちょっと苦手だけれど」

スチュは微笑んだ。

「そうなのです。自分で自分を律し、管理すること。これが秩序社会の鉄則です。ですから待ち合わせなどもお互いに時間に厳密です。待ち合わせの時間を守ることは、お互いの人生の秩序を尊ぶことに他なりませんから」

「どうりで時計があちらこちらにあるのね」

どの塔にも時計がついている。行き交う人々は大きな腕時計をつけている。

「この国で遅刻をしたら、どんなに怒られちゃうんだろう！」

ありかが思わず言うとスチュが眉をひそめた。

「遅刻だなんて！　もっとも愚かな行為だと思われます」

「そんなに厳しくしなくたっていいと思うけど」

「表立って責めたりはしませんが、少なくとも知性のない人というレッテルは貼られてしまうことでしょう」

ありかは小さく肩をすくめた。

スチュは笑って、「さあ、そこのテラスで新聞を読んでいてください。何か温かい飲み物を持ってきましょう」と言うと、朝からやっているカフェテラスへ入っていった。

新聞とカモメたち

テラスのベンチに腰を下ろしたありかは手にしている新聞を読み始めた。

【本日の人口～昨日の出生、死亡一覧】

——ああ、毎日の人口を誌面で発表するのね。生死の情報も名前と年齢と住所入り。

【本日の各店在庫一覧】

——えーっ、お店の在庫を毎日数えて新聞社に報告するのね、なんだか大変。

【本日の街路樹情報～駅前通りイチョウの木二百本のうち、紅葉率は六十七％】

——ひゃあ、街路樹の一本一本まで毎日調べて管理しているの？

【昨夜の食卓～魚四十二％（うち焼き魚十八％、煮魚十三％、刺身七％、その他四％）】

——これって、市民の人たちの昨日の食卓？　毎晩新聞社に報告するの？

他には転勤や就職の情報が個人の名前入りで記事になっていたり、市民の結婚式のレポート記事や、高齢者の市民の座右の銘特集や、誰が新車を買ったとか、誰の息子が学校のテストで満点を取ったなどの記事で埋め尽くされていた。政治家や有名人の記事や交通事故やスポーツの記事もあるにはあるが、圧倒的に多いのは市民のささいな出来事を記事にしたものだった。

スチュがトレイを手にテラスへやってきた。

「コーンスープとレモンティ、どちらがいいですか？」

ありかが「わあ、美味しそう。ありがとう！　どちらでもいいわ」と答えた。

するとスチュが少し不機嫌な表情をした。

「どちらでもいいだなんて、ずいぶんな言い方ですね」

ありかは訳がわからずきょとんとした。

「どうして？」

スチュは、なぜそんなことがわからないのか、とでも言いたげに目を見開いて驚いた表情をみせてから言った。

「だって、自分の意見を主張しないだなんて」

「自分の意見を言うことがそんなに大事？」

「当り前じゃないですか！　人はみな、自分の人生の操縦席に座る権利があるのです。どちらでもいいだなんて、まるで操縦を放棄した言い方です！」

スチュが機嫌を悪くしたことにありかはおろおろした。

「ごめんなさい、スチュ……」

ところがスチュはますます不機嫌になった。

「そうじゃない。謝るだなんて逆ですよ。もっと権利の主張をしてください。飲みたいものを選択し、意思決定してください」

たかが飲み物を選ぶのにずいぶんと大げさな、とありかは思ったが、ここはスチュに従うことにした。コーンスープとレモンティなら、だんぜんレモンティが飲みたい。

「私、レモンティがいいわ！」

スチュはにっこり笑ってレモンティをありかの前に置いた。

「ところで、スチュ。あなたはレモンティを飲みたかったんじゃないの？」

スチュはいたずらっこのように鼻にしわを寄せて言った。

「どちらも私の大好物なのですよ」

ありかは声を出して笑った。お互いに好きなものを選んで飲むことはとても健全で幸せなことだと思った。

空が暗くなった。ふと見上げると何百何千という鳥が飛んでいた。

「わあ、すごい数の鳥だわ……」

スチュも空を見上げた。

「あれはカモメたちです」

空を埋め尽くすように前後左右にカモメたちが飛び交っていた。

「そうか、もう八時ですね」、スチュが訳知り顔に言った。

そのとき一羽のカモメがすっとスチュの横に来た。

「スチュさんおはようございます。報告用紙、お願いします」

スチュはポケットから一枚の紙を出して、カモメの首についている小箱に入れた。

純真でまっすぐな瞳をもったカモメだった。ふと見るとそのカモメは足に傷があった。

「カモメさん、足を怪我している」、ありかが思わず言うとカモメは「ああ、さっきひっかけてしまったのです。慌てるとどうもいけない」とその傷を恥じるように言った。

「ちょっと待ってね。確か持っていたはず……」

ありかは背負っていたリュックのポケットから絆創膏を出してカモメの足に巻いてやった。ありかが大好きな天使猫のキャラクター、ミカエルがプリントされた絆創膏だった。

「これで血が止まるわよ」

カモメはしばらくの間びっくりしたような顔をして絆創膏とありかの顔を交互に見ていたが、「ありがとうございます。こんなことをしていただけるなんて、とても光栄です。それでは良い一日を。また夜の八時に」と言って、天高く飛び立っていった。

「また夜の八時に？」、ありかが聞いた。

「あのカモメたちは、市民から毎日朝八時と夜の八時に情報を集めて新聞社に持っていくんです。あの紙には昨日の自分の行動やちょっとしたニュースなどについて書いてあるんです。それをまとめて新聞が発行されるのですよ」

「へえ、カモメが！」

ありかが驚くとスチュは微笑んだ。

「全員から紙を集めるのなら鳥が一番です。ここは港町でカモメが多いので、カモメが担当しているのです。とても正確で必ず八時に来てくれます」

――こうしてあの新聞が作られているんだわ。

ありかは感動してスチュに言った。

「すごいわ、一人一人の情報をこんなに大切にしているなんて！　さっき新聞も読んだわ。記事はスポーツや政治はちょっとだけで、あとはほとんど一人一人の市民のことばかり！　ねえ、ここでは一人一人が主役なのね！」

スチュは不思議そうに首を傾げた。

「そんなの当たり前じゃないですか」

周りを見ると、どの人のところにもカモメがやってきて紙を回収していた。カモメたちは誇りある表情で紙を預かり飛んでいく。そこにもやはり一つの秩序があった。

「ではさっそくいきましょうか」

レモンティがなくなる頃、スチュが言った。

「どこへ」

「賢者のところへ」

「わあ！　会えるの？」

「はい、すでにお待ちだと思います」

二人はカフェテラスを後にして、街の奥にある知識の塔のほうへ歩きだした。陽光に満ちた朝だった。空ではカモメたちが朝を祝福するようにくるくると舞っていた。

八時半の鐘が鳴り、港から船が出ていった。

――さあ、いよいよ黄色の魔法だわ。

赤やオレンジとはまた違う雰囲気の黄色の国に、ありかは少しずつ順応しようとしていた。歩きながら、黄色の国でこれから起こることへの期待と不安が高まっていく。

「ねえ」、ありかはドキドキする気持ちを抑えきれずに言った。

「スチュは賢者に会ったことはあるの？」

スチュは首を振った。

「ありません。私は門のところまで魔法を学ぶ方をお連れするだけの役なのです。一度、せめて遠くからでもお顔を見てみたいとは思いますが……」

「一緒に入れないかしら」

「とても無理です。門番のチェックがありますし、それに……」

スチュが口ごもる。

「なあに?」

「それに、賢者のいる知識の塔での学びはとても大変だと聞いています」

怖気づいたように見えるスチュをありかは意外に思った。

——スチュもいけばいいのに。でも、そんなに大変なら私大丈夫かしら。

ありかは赤とオレンジの国で得た魔法を思った。

——私には「勇気」がある。そして私には「陽」がある。

この二つの魔法を使えば黄色の魔法の習得もできるはずだとありかは思った。

二人は知識の塔を目指して、大小の塔が立ち並ぶ住宅街を歩いていく。家々の窓辺で新聞を読む市民たちの姿が見えた。

「ねえ」、ありかは足を止めてスチュに話しかけた。

「それにしても毎日、新聞を読んで情報を得るのは大変なことね」

ありかが辺りを見渡して言った。

「私たちはみな好奇心があるのです。好奇心にはいろんな種類があって、詮索と探求は違います。好奇心が健全であることが、情報を知識に変え、知恵となり、賢き人となれるかどうかの土台となります。それこそが知性であるわけです」

「確かにそうかもしれないわね」

あらためて考えたことはないが、スチュの言うことは納得できた。

「でも、知性をもって生きるにはどうしたらいいのかしら」

ありかが聞いた。

スチュはしばらくの間、考え込んでから答えた。

「自立、でしょうか」

「自立?」

「はい、自立が大事です。自分は自分、人は人、であること。誰かに頼っていると、情報までその人の言うことを鵜呑みにしてしまいます。自立心と知性はとても大切な関係にあると私は思っています」

スチュの受け答えはいつも優秀な作文みたいだとありかは思った。理路整然としていて、受け売りではなく自分の意見を話している。

「ありかさん」

スチュが静かな声で言った。

「黄色の魔法は、自分です。自分をもち、個を確立することを忘れないでください」

ありかは心にメモをするようにその言葉を刻んだ。

「自分が黄色の魔法……。他者に引っ張られそうなときもあるわよね」

スチュは何度もうなずいてから答えた。

「そうなのです。だからこそ、この魔法が重要です。他者に引っ張られそうなときは、みぞおちに力を入れて自分を確立するように意識するのです。他者ではなく自分。大事な魔法です」

「みぞおちに力を入れて、自分を確立……」

ありかはリサを始めクラスメイトたち一人一人の言動に一喜一憂している学校での自分を思い出した。

――自分をもっとしっかりもっていればもう少し楽だったかもしれないな……。

二人は無言のまましばらく歩き、やがて住宅街を抜けた。塔はまばらになり、道の両側に整然とした畑が広がっていた。

「なんて美しい畑」

作物ごとに区画整理された畑はデザインされたような美しさだった。それぞれの畑で人々が寡黙に作業をしている。

スチュが説明を始めた。

「人々の知識を集め、知恵となり、ここでは獲物を追いかけなくても必ず毎年野菜や穀物を順調に収穫できるようになりました。さらに知恵を持ち寄り、天候に左右されず、味や栄養価も良い作物に恵まれるようになっています。ここでは暦通り、時刻通りにすべての作業が決められています。畑で働く人たちはその秩序を守って働いているのです」

そう言われて働く人々を見ると、さっきのカモメのように働く誇りに満ちた表情をしているように感じられた。

「秩序と知性は相関関係にあります」

スチュが畑を見渡して言った。

「ルールを作ることはその知性をみなで保持し、秩序ある社会でいられるということです。けれども……」

スチュは太陽に照らされた畑にまぶしそうに目を凝らした。

「けれども、それだけじゃない。もっと大切なことがきっとあるはずなのです。先人が知っている真理のようなことが。私はそれを知りたい。私は、新聞は毎日読んでいるけれど、本というものを読んでみたいのです」

ありかはびっくりした。

「えっ。そんなに勉強が好きなのに、本を読んだことがないの？」

スチュは恥じるようにうつむいて言った。

「学校の教科書なら読んでいますけれど、本というものは読んだことがないのです。これからいく知識の塔には大きな図書館があると言い伝えられています。選ばれた人はその図書館でどれだけでも本を読んでいいと聞きました。賢者が世界じゅうの本を集めて並べているのです。だからあの塔はあんなにも大きいのだと」

「まあ、あの中にそんなに大きな図書館が……」

ありかの言葉に、スチュは憧れのようなまなざしを知識の塔へ向けた。

私、誰だったっけ……

その知識の塔がいよいよ間近に近づいてきた。塔のてっぺんが見上げられないくらいに高い。知識の塔の入り口に鼓笛隊が並んでいた。こちらの鼓笛隊も、さっきの黄色の国の入り口の鼓笛隊のように一糸乱れぬ整列をしている。

九時の鐘が鳴った。

「九時です！」

盛大にファンファーレが鳴り、鼓笛隊が行進を始めた。それに合わせるように二人の男たちが知識の塔の門をうやうやしく開ける。

「九時の開門に間に合いました」、スチュがほっとしたように言った。

ありかは開門のセレモニーに見とれていた。鼓笛隊には子どもから老人までがいたが、誰もが喜ばしい顔をして、自らの任務を全うしていた。そこにもやはり秩序があった。

「本日の訪問者、黄色の魔法取得志望の望月ありか氏！」

鼓笛隊の先頭で旗を持っていた少年が高らかに言った。

門の内側からレモンイエローのマントの門番が現れた。

「おはようございます」

ありかに声をかける。

「あなた様は望月ありか様ですね。黄色の魔法を取得希望でいらっしゃるのだとか。どうぞお入りください」

門番の話し方が丁寧できちんとしており、ありかは居心地が悪かったが、無理やりきりりとした表情をつくって応じる。

「よろしくお願いします。望月ありかです」

「ではお入りください。一名様ですね」

ありかはさっきから考えていたことを咄嗟に口にした。

「いえ、二人です！」

「お二人様で？　こちらには一名様で伺っているのですが」

門番が不審そうに問う。

「はい。私、望月ありかとこちらのスチュの二名です」

突然、自分の名前を言われてスチュは飛び上がりそうなほど驚いた。

「あの、ありかさん、私は」

「お願いします。どうしてもスチュと二人でこの塔に入り、賢者様にお会いしたいのです。図書館も、スチュと一緒に見たいのです！」

スチュの顔が真っ赤になった。

「ありかさん……」

——勇気、陽、きっとできるはず。

「ときにルール以外のことに臨機応変になることも、賢さの一つだと思います！」

ありかは深々とおじぎをした。

「お願いします！」

「いや、しかし……」

門番は戸惑った。これまでマニュアル以外のことをしたことがなかった。マニュアル通りに任務を遂行することが自分にとって大切なことだった。

今、この申し出を賢者に相談したら、賢者は自分を軽蔑するだろうか、と門番は思った。

軽蔑、それは門番にとってもっとも恐ろしいことだった。しかし目の前の少女の瞳は見たことのないほど澄んだまなざしだった。このまなざしには賢さではないもっと違う何かがあり、それは門番をこれまで通りの自分から惑わせるものだった。

門番は意を決して戸口の受話器を取った。低い呼び出し音がずっと鳴り、ようやく先方の受話器が外される音がした。

「もしもし……」

「はっ、こちら、南口の門番でございます。賢者様にお取次ぎをお願いいたします」

長い沈黙があって、声変わり前の少年のような高い声が聞こえてきた。

「ほう……、朝っぱらから面白いことだ。君がそこで任務についてから今日で十年八か月と二日目になるが君が電話をかけてくるのは初めてだ。初めてのことは、私は大好きだ」

「賢者様、おはようございます。突然連絡申し上げまして、恐れ入りましてございます。実は折り入ってご相談がございます」

「言ってみなさい」

「はっ、黄色の魔法を学ぶ者が本日もお越しでございます。人間の、望月ありか氏でございます。ところがこの望月様、あろうことか、案内係と一緒に図書館を見たいと申すのです。いかがいたしましょうか。私には判断がつきかねまして……」

カッカッカッ、という賢者の高笑いが受話器の向こうから聞こえてきた。どういうしくみか知らないが、受話器を耳にあてなくても、電話越しの賢者の声はこの門の辺り一帯に響いているのだった。

「さてはスチュだな！」

賢者に自分の名前を言われてスチュはたちまち真っ赤になった。

「け、賢者さま、なぜに私の名前を」

またもや賢者は、カッカッカッと高く笑った。

「私は、『この世のすべてを知る人』であるからな。スチュ、おまえはこの塔の図書館を見たくて仕方がないのであろう。しかしおまえの性格ではとてもそんなことは言い出せない、そうだろう」

恐れをなすようにスチュがうつむいた。

「カッカッカッ。そんなスチュの気持ちを汲み取って、スチュにことわりもなく望月ありかが門番に言い出したのだな。なぜわかるかって、おまえの気持ちぐらいお見通しじゃよ」

ありかもスチュに並んで照れくさそうに下を向いた。

賢者の声がますます高らかに響いた。

「ありか、それからスチュ。おまえたち二人にこの門を今開こう。ありかは黄色の魔法を手に入れるんだ。スチュとは別行動をしてもらう。スチュは思う存分図書館で本を味わうがいい。しかし二人には試練も用意している。ありか、その門から塔のてっぺんの私のところまで来る間に、たくさんの挑戦者が我を忘れて浮遊している。スチュ、図書館に入ったはいいが、出てこられなくなった者がたくさんいる。二人とも、無事を祈っておるぞ」

賢者がまた声をあげて笑った。

——我を忘れて浮遊している?

ありかは賢者の言葉を反すうしていた。

——それからスチュは、図書館から出てこられなくなるって?

ありかは思わず後ろにいるスチュの顔を見たが、スチュの表情は穏やかなままだった。スチュはただ両手を組み合わせて小さく唇を動かして祈っていた。

「賢者様、賢者様……。ああ、なんてことだ。ああ、ありがとうございます。私は賢くなりたいのです。本を読みたいのです。図書館を見せてくださることありがとうございます。まことにまことに……、ああ、私に、このようなことが起こるなんて……」

スチュの祈りのような声は指の間から漏れ出ていたが、その語尾はあいまいで誰にも聞き取れなかった。

開かれた門から、ありかとスチュはしばらく門番に連れられて塔内を歩いた。

「スチュさんは、この階段を下りてください」

それは見下ろすとめまいのしそうなほど長い、奈落の底まで続くかのようならせん階段だった。

「この階段の一番下に図書館があります」

スチュは、目もうつろにぶつぶつと祈りを唱えながららせん階段を下りていった。

——スチュったら別人みたい。大丈夫かなあ。

修行僧のように祈りながららせん階段をどんどん下りていくスチュを、ありかは不安そうに見送った。

門番が今度はありかに向き合って言った。

「望月ありかさんは、こちらの門からお入りください」

示された門を通り抜けると、そこは広々とした中庭だった。学校のグラウンドを三つも四つも合わせたほどに広い場所だった。

そこを体長六十センチほどの不思議な生き物が飛び交っていた。その生き物はケラケラと笑いながらありかの周りをぶんぶんと飛ぶ。羽があって、手足があって、手には大きな鎌をもっている。

——虫のような、妖精のような、悪魔のような……、何なのこの人たちは。

ありかが不快に思って振り払うと、その生き物たちは口々に叫んだ。

「ぼくたちは」

「名前泥棒だよ」

「君から名前をもらうよ」

「君の名前は？」

ありかはぶんぶんと振り回される鎌を避けながら叫び返した。

「私はありかよ！　望月ありか！　やめてよ、鎌を振り回したら危ないわ」

名前泥棒たちはみんなでケラケラと笑った。

「言ったぞ！」

「名前を言った！」

「こいつの名前は望月ありか」

「いい名前だ」

「いただきます！」

「ああ、おいしい」

「これがいちばんのごちそう」

名前泥棒たちは、またたくまに空高く舞い上がっていった。

ありかは広い中庭に一人ぽつんと残された。

――何、今の……。

頭の中がぼんやりする。

――あれ、ええと……。

自分が不明になる。

――私、誰だったっけ……。

確か自分は「誰か」だったはずだ。名前がついていて、誰かの子どもで、社会の一員として生きていたはずだった。

それがありかの脳内でどんどん不明瞭になっていった。

――あれ、なんだったっけ？

中庭の四方の塀に時計のついた塔がそびえ立っていた。ありかは強いめまいを感じ、今その塔はぐるぐると回って見えた。

自分という存在がかすんでいく。自分にとってものすごく大切なものが、今急速に失われようとしているのをありかはめまいをしながら感じていた。薄れていく意識の中で、重要な問いを発しようとする。しかし、その問いが言葉となって出てこない。

——私、なにしてるんだっけ……。

そこへ笛を鳴らすようなキーンという鳥の一声がした。

バサバサと羽音がして、首に箱をつけたカモメが飛んできた。足に天使猫ミカエルがついた絆創膏を巻いている。

——ああ、たしか、さっきのあのカモメ……。

「あなたは誰?」

カモメが耳元ではっきりと問いかけてきた。

——そう、そう。この問いを、したかったの。私は、私は、誰なんだろう……。

「あなたは誰?」

カモメはぐるぐると頭上を旋回しながら同じ問いを繰り返した。

「さっき優しくしてもらったから来たの。本当はここへ来てはいけないの。けれどあなたをどうしても助けたくて、これだけを言いに来ました」

カモメはもう上空に上りながら最後にもう一度高い声で叫んだ。

「あなたは、誰?」

▼自分
▼他者

一陣の風と共にカモメは遠くへ飛んでいってしまった。問いだけがありかの耳に残った。

——私は、誰?

ありかの頭の中には中学校の教室が浮かんだ。

——私は中学生。

そしてレオやクラウディやスチュの顔が浮かんだ。

——そして今、虹の魔法の冒険をしているところだわ。

お腹が痛くなってきた。胃の辺りだ。痛みで歩くのが困難だったが、ありかはとにかく一歩でも前に歩くことにした。

——とにかく、前へ進もう。

差し込むような痛さがだんだん増していく。くの字に折れ曲がってひざまずき吐いてしまいたい。弱々しく歩くありかを嘲笑うように、いなくなったはずの名前泥棒たちが鎌を片手にまた何匹も襲ってきた。

「さあ、最後のデザートだ！」

「自分をもらおう」

「黄色の魔法は」

「自分をもつこと」

「自分を失ったら」

「他者の言う通りに生きるだけ」

「おい、しゃべりすぎだぞ」

「いけねえ！」

「おまえが悪いんだ！」

名前泥棒たちは喧嘩をしながらまたもや飛び去っていった。かすんでいくありかの意識に一筋の考えが降りてきた。

——黄色の魔法？　自分……？

ありかは言葉に出してみた。

「自分……」

遠ざかった名前泥棒たちが苦しみ始めた。

「やめてくれ」

「さっき食べた名前が」

「まずくなるじゃないか！」

ありかはわけもわからず繰り返し言う。

「自分……」

名前泥棒たちの飛び方がおかしくなってきた。

「うわあ、おいしくない」

「名前がまずくなる」

「これじゃ吐いてしまう」

——そうか。これが、黄色の魔法……。

▼自分

▼他者

名前泥棒たちは一匹また一匹と地上に落ちて苦しみもだえはじめる。リーダーらしき一匹がありかのそばへやってきた。

「さあお嬢さん、抵抗するのはそれぐらいにしてもらおうか。自分なんかなくていいんだ。ぜんぶ他者の言うなりがいいんだよ。みーんな誰かのせいにして生きればいいんだよ」

ありかの意識がぼんやりとしてきた。

――そうか、誰かのせいにすればいいんだ。自分なんて……、なくていいんだ……。

お腹がとにかく痛かった。これも誰かのせいなんだ。

名前泥棒のリーダーはそう言って、ありかが差し出そうとしている自分を手に持っている鎌で刈り取ろうと片手をあげた。

「そうだよ。いい子だね。さあ、安心して自分をおれに寄こしなさい」

そこへ「キーーーーーー」と空をつんざくような鳥の声がした。さっきのカモメがはるか上空で鳴いていた。

――カモメさん……。そう、さっき、何か問いを教えてくれた。なんだっけ。なんだっけ。

あまりにもお腹が痛くて、もう空を見上げることもできない。けれどもあのカモメの姿をもう一度見たい。

——そうだ。

ありかは近くの水たまりまで這っていって、せめて水たまりに映るカモメの姿を探そうとした。そこに映っているのは、自分自身だった。

——私……。

▼自分

▼他者

「ほうら、自分をもらうよ。他者による人生の始まりだ。楽しいぞ」

名前泥棒のリーダーの鎌がきらりと光った。

その光のまぶしさに思わず目をつぶったとき、脳内に閃光のようにカモメの声が蘇った。

「あなたは誰？」

——そうだ。あなたは誰？　カモメさんはそう言ったんだった。

水たまりの中にいるのは……。

──私……。

「私は私よ！」

「うわあああ」

名前泥棒のリーダーがもだえるように苦しんだ。

──スチュが教えてくれた黄色の魔法！　みぞおちに力を入れて……。

「自分をもつこと！」

ありかはありったけの声を振り絞って叫んだ。

「やめろ」

リーダーがさらにもだえる。他の名前泥棒たちも同様に苦しみ始めた。

「自分をもつこと！　私は私だわ！　他の誰でもないわ」

「うわあああああ」

名前泥棒たちは一斉に中庭に突っ伏して食べたものを吐き始めた。

「苦しい」

「こんなまずいものはたくさんだ」

「もち……」

「もちづき……」

「望月」

「ありか」

「望月ありか」

――そう、私は私なの。わたしは望月ありかなの！

▽自分

――他の誰でもないのよ！

名前泥棒たちは身悶えながら、弱々しくふらふら飛びながら空の彼方へ逃げていった。

気がつくと広大なはずの中庭を突っ切っていた。そして目の前には塔へ入る重厚な木の扉が開かれていた。

この世のすべてを知る人が言ったこと

ありかは扉から塔の中へ入っていった。

「おめでとう！」

さっき聞いた声変わり前の少年のような賢者の声がどこかからか聞こえてきた。

「ありか、黄色の魔法を習得したようだね」

周りをきょろきょろ見渡しても人っこ一人いなかった。

声は高いところから聞こえてくる。

「どこ？」

「カッカカッ、どこでもないここじゃよ。実存の所在の証明かね、それとも単に音源の確認かな」

賢者はどこかふざけているような機嫌の良い声だった。

「さあ、乗りたまえ」

次の扉が開き、その向こうにあるエレベーターの扉が開いた。

ありかが吸い込まれるようにそのエレベーターに乗り込むと、すばやく扉が閉まり、箱はゆっくり上昇を始めた。荘厳な音楽が奏でられ、ファンファーレと共に上昇が止まると、今度は反対側の扉が開いた。

着いたところは書斎のような部屋だった。壁一面の本棚があり、窓の向こうは海まで見渡せるバルコニーになっていた。

その部屋の真ん中に、賢者が立っていた。満面の笑みで両手を広げて、ありかを歓迎していた。

「おめでとう」

その人は、子どもにみえる老人だった。身長はありかよりもずっと低かった。髪の毛は白髪で、少しだけ腰を曲げていた。ツィードの背広を着て、膝まであるブーツを履いていた。無邪気さに満ちた瞳はいたずらっ子のようだったが、一目で賢者であることがわかるようなまなざしをしていた。「この世のすべてを知る人」がもしいるのなら、きっとこういうまなざしであろうという深さと明るさを兼ね備えた瞳だった。

ありかは目標が遂げられたことに脱力し、へなへなと崩れ落ちるように床に座り込んだ。

「あなたが賢者様……」

「ちょっと苦労したようだが、おまえにはどうやら運が味方しているようだ。さっきの一幕はあのカモメがいなかったら危なかったであろうな」

「あ、もしかしてさっきのカモメは賢者様が?」

賢者は、また高笑いをして首を振った。

「いいや、違うよ。あのカモメはおまえが朝にしてやった親切の恩返しをしにいったのさ。いいかい、おまえはプレイスだ。そのことはもう誰かに教えてもらったね。赤の国の湖のほとりのあの婆さんから聞いただろう。なぜわかるかって? 私は『この世のすべてを知る人』ぞ! カッカッカッ。おまえは宝のありか。それを体現して生きるのがおまえの使命なんじゃよ。おまえは知らず知らずのうちにそれを体現しておるんじゃ。おまえのユニークに触れたものは、おまえを大好きになるんじゃ。または大好きになれなくて苦しむのじゃ。おまえの学校のいじめはそれが原因であろう。彼らのような発達段階の集団におまえのようなユニークなものがいたらああなるのは至極納得できる。あのいじめを私はいくらでも理論的に説明できるのじゃ。どうしてあれが発生したかって? おまえのユニークは隠しきれるサイズのものじゃないからじゃよ。おまえのユニークはすぐにわかる。ちょっとしたことにそれが出てしまう。そう、たとえば今朝、あのカモメにマンガみたいな絵がついた絆創膏を巻いてやったようなことがユニークなんじゃよ」

　ありかは、わかるようなわからないような気持ちで賢者の言葉を聞いていた。

「……はい。あの、賢者様」

「なんじゃ」

「プレイスって、これまで他の人にも何度か言われたのですが、何なのでしょう。私は、何か特別な存在のように言われるのですが、普通の女の子だし、いや、普通じゃなくてちょっと変みたいで、みんなに馬鹿にされたりしていて……」

　さんざんだった中学校での記憶がまた鮮やかによみがえった。

　つん、と鼻の奥に悲しみが込み上げた。

　賢者はすべてを見通したまなざしでありかを見つめた。

「プレイス。こちらへ来なさい」

　賢者はありかを伴ってバルコニーへと出た。この国一帯がすっかり見えた。畑、街、そしてその向こうには港。

「勇気だけでもいけない、陽だけでもいけないのだ」

　ありかはスチュの言葉を思い出した。

「そういえば、スチュが言っていました。ただ強いだけでは愚かだと」

賢者はふっと肩の力を抜くように笑った。ありかに背中を見せていて表情は見えない。

「スチュ。彼はとても若い。いいかい、プレイス。強さと賢さはどちらがいいという次元のものではないんだ。比べて取り上げること自体が違うんだ。そしてね、プレイス。愚かな人なんていないんだ。愚かな人だと誰かがその人のことを思っているだけなんだよ。解釈なんだ。誰一人愚かな人なんてこの世にはいないんだよ。真に賢い人が一人もいないようにね」

ありかは一語も聞き逃すまいと聞いているが、やはりわかるようなわからないような謎に満ちた言葉だった。

「プレイス。おまえは七つの魔法を手に入れる旅をしている。一日に一色だ。けれど、本当は七日間じゃないんだ。すべて同時で一瞬なんだ。この世界に七つの世界が重なって寄り添っていることは知っていたかい？　ケツァルはその異世界を移動できる奴なんだよ。この七つすべてが今のこの世界を取り巻いている。けれども七か所いける人はそうそういない。赤の世界でイガミアイになったり、オレンジの感情の谷底から出られなくなったり、さっきの中庭で名前泥棒に襲われて自分を他者に受け渡して我を忘れてしまったり……。

ことごとくみんな挫折しているんだ。けれどもプレイス、おまえは……」

賢者がありかのほうへ向き直った。驚くことに、賢者はその瞳にたっぷりの涙を浮かべていた。

「もうたくさんだ。あんなにたくさんの犠牲者を出すのは……。私はたくさんの本を読んだ。この世のすべてを知った。誰もが七つの魔法を手に入れることができたら、じつに素晴らしいことになる。この世は、その最初の一人を待っているんだ。待ち焦がれているんだよ。おまえにその意志さえあれば、だがな。なあ、おまえは本当に七つの魔法の旅をやり遂げる覚悟はあるかい。虹の魔法使いになる気持ちはあるかい」

理屈ではなく魂が、ありかをコクリとうなずかせていた。

「あります」

賢者は涙を拭いて、静かに笑った。

「それならやってごらん」

その賢い瞳に、かすかに賛美のいろが浮かんだ。

「虹の魔法使いは人々が忘れたころに現れるという。きっとプレイス、おまえがそうなんじゃろう。なぜわかるかって。カッカッカッ。私は、『この世のすべてを知る人』じゃからな！

さあ、いきなさい。もうすぐ西の空にケツァルが現れるであろう」

ありかはこの黄色の国での学びが終わったことを知った。と、同時に地下へ深く下りていったスチュのことを思い出した。

「待って、スチュは？　スチュに会いたいわ」

賢者は静かに首を振った。

「スチュは、本の虫になったんじゃよ」

「本の虫？」

「そうじゃ。彼はもう図書館から出てくることはないのだよ。めくるめく読書の反復に入り込み、本の虫となり、それが幸福なのじゃよ」

ありかは階段を静かに下りていった修行僧のようなスチュの背中を思った。

賢者は用が済んだように踵を返して奥の扉へ消えていった。

西の空遠くに、ケツァルが羽ばたく姿が見えてきた。

第四章　緑の魔法

お嬢さん、おまえは病気なんだよ

ケツァルはありかを乗せてぐんと上空へ上昇した。黄色の国の塔は、もう米粒みたいに小さくなっている。

「お嬢様、乗り方が上手になりましたね」

ケツァルに言われてありかが聞き返した。

「どうして?」

「お嬢様の腰がしっかり立っています。体の真ん中に軸がある感じです。黄色の魔法のおかげでございましょう」

確かにケツァルの背に乗っていても自分の軸が安定しているようにありかは感じた。

遠くに山が見えてきた。尾根はずっと先まで続いていた。どこまでも緑色だった。

「あの先に、緑の国があるのですよ」

ケツァルの声がありかの腰に振動となって届いた。

ケツァルは深い山奥のさらに奥の森の中へ下降していった。深くて濃い緑の匂いがしてくる。静かで穏やかなしんとした湿った森に、朝日が射し込んでいる。

森がすぐ下に見えるところまで降りていき、低空飛行を続ける。

葉が風にそよぐ音が四方から聞こえる。

「そよそよそよ、いらっしゃい」

「サラサラサラサラ、ようこそ旅人よ」

遠くから見ると緑一面に見えるその世界は、近づくと植物一本一本それぞれが見えてくる。どこか懐かしいようなメッセージが植物たちから聞こえてくるような気がする。

「おかえりなさい」

「ここは太古から続く原始の森」

「みんなここから生まれたのよ」

優しい空気が充満している。何千何万という木々がそよ風に葉っぱを揺らしている音が、歓迎のメッセージのようにありかには聞こえた。

ケツァルは優雅に旋回し、森の奥の高台の草原にふわりと降り立つ。

そこは円形の草原で、周りには深い森があった。空からでなければたどりつけないような深い森の奥だ。

「お嬢様の幸運を祈ります。緑の魔法を、どうぞ存分に習得してください」

ケツァルはそういうとひらりと上空へ飛び立っていった。

ありかはまた一人になった。草原を走る風の音だけが聞こえていた。

風は森の木々たちの枝ぶりや葉脈を撫でるように優しく通り過ぎていく。

そよそよそよ。

サラサラサラサラ。

優しすぎて怖くなるような濃密な気配のようなものだけが周りにあった。

そこへ薄緑色の鹿がやってきた。白い角を生やした鹿だ。全身の体毛が陽光を浴びてまぶしく輝いている。ゆっくりと駆けてきて、優雅にありかの前に立ち止まった。慈愛に満ちたまなざしでありかに微笑みかける。

「こんにちは。旅の人」

薄緑色の鹿はそよ風のような声で話しかけてきた。

「魔法を学びに来たのですね」

ありかは、ここでもいよいよ冒険が始まったのだと気持ちを引き締めて答えた。

「はい！　私は望月ありかです。緑の魔法を習得しに来ました」

薄緑色の鹿が微笑みを豊かにしてゆっくりうなずいた。

「歓迎します。私はディアです。どうぞよろしくお願いします」

ディアはありかに背中を向けるように方向転換すると足を折ってひざまずいた。

「私の背中にお乗りください」

ディアの背中に手をつくと上質のソファのようになめらかで柔らかい。ありかが背に乗ると、ディアはゆっくりと立ち上がり、風のように森の奥へと駆け始めた。

おだやかな駆け足に体を委ねているうちに、ありかは自分がとても疲れていることに気づいた。あまりの疲れに目が開けられない。

やがて緑のシャワーが霞み、ありかはディアの背に乗ったまま気を失った。

どれだけの時間が流れたことだろう。最初に聞こえたのは、つんざくような鳥の声だった。目を開くと、寝ているありかをのぞき込むおじいさんがいた。

「気がついたかい、お嬢さん」

そこは暖かい家の中だった。柔らかいベッドに寝かせられていた。窓の外は深い森に続いていた。鳥の声はその森から聞こえてきていた。

「旅の人よ。おお、かわいそうに。赤やオレンジや黄色の国でどんなに大変な思いをしたことか。少し休んでいかれたらよい。今スープをあげるからね」

おじいさんの声は音楽の時間に居眠りしながら聞いたクラシック音楽のようだった。懐かしくて安らかな声。

ありかは半身をベッドから起こして部屋を見回した。

ベッドには色あせたうぐいす色のキルティングカバーがかかっていた。床は板張りで、ふかふかの深緑色のマットが敷いてあった。

窓は白い四角い枠の出窓だった。観音開きに外側に向かって開かれていて、窓の向こうの庭でディアが草を食(は)んでいた。

ありかが起きたことに気づいてディアが窓辺へ歩いてきた。

「目が覚めたのですね。緑の国の仲間たちへあなたを紹介する前に、あなたには少し休息が必要です。このおじいさんの家で休みましょう。そうすればみんなと調和もしやすい」

色の魔法を学ぶのはそれぞれ一日しかない。ありかは焦って首を横に振った。

「休んでなんていられないわ！　緑の魔法を習得しなければならないのに」

ディアは静かに微笑むと、「まだ午前中ですよ。時間ならたっぷりあります」と言って、庭へ戻っていった。

部屋の中に草いきれのような匂いがしてきた。

おじいさんが台所に立っている。

「薬草のスープ、調和にはこれが一番だよ。今作っているから、横になってのんびり待っていなさい。この匂いにも調和の効能があるんだよ。ゆっくり深呼吸をして、匂いを嗅いでいたらいい」

まるで草原に寝っ転がったときの草とお日様の匂いだ。心地よくその匂いを嗅いでいるうちに、ありかは目を開けていられなくなるほど眠くなってきた。

「寝なさい」

魔法を習得しなければと焦るありかは、なんとか起きようと体を動かす。

「休むのはとても大切なことだ。力を抜くから調和するんだ」

そんな気持ちにはとてもなれない。赤の国でもオレンジの国でも黄色の国でもどんどん行動して魔法を習得するのをがんばったのに、とありかの胸が焦燥感でいっぱいになった。

「おやまあ、お嬢さんの胸が焦りで焦げてしまう。寝なければ治らない。休息は生きることを思い出すことなんだ。さあ、目を閉じて」

旅の途中のありかには、今休むことなどとんでもないことだった。

「ねえ、ディア！　あなたからもお願いして。私今すぐ行動したいのよ」

庭に向かって叫んでみるものの、言葉とは裏腹にありかのまぶたはしだいに重くなる。

おじいさんがくすりと笑った。

「お嬢さん、おまえは病気なんだよ。そのままだと不治の病だが、病気じゃない自分に生まれ変わることもできる。ここで治していきなさい」

今にも眠りに落ちそうなありかがとろんとした意識の中で聞き返す。

「病気？　病気なんかじゃ……」

おじいさんがありかの肩まで毛布を掛けた。

「おまえが生きている世界の人たちはみんな病気なんだよ。がんばりすぎて、不安すぎて、本当に大変だ。ここで調和していけば治る。さあ、眠りなさい」

――調和……？　さっきから調和って……。

そのままありかは眠りに落ちた。

夢の中でありかは霧の深い緑の森を歩いていた。誰かの声がする。

――「古い物語だよ。プレイスはみんなにとっての宝のありか」

赤の国で出会ったおばあさん。

霞はどんどん深くなっていく。

——「正体を現しなさい。おまえこそ、ユニークでなければならないのだよ」

赤のおばあさんが、そう言っていた。

——正体……、私の正体、本当の私……。

夢の中で歩く森の奥へ歩みを進めていった。やがて分け入ったいちばん奥に、こんこんと湧く清らかな泉を見つけた。泉のほとりに立ち、鏡のようなその水面を見つめた。

水面には自分が映っていた。そこへ強い風が吹き、水面が微細な波形に波立った。水面に映っていたありかの姿が無数に分解された。まるで自分の肉体が無数のかけらになったようだった。ありかは身震いした。

——水に映る私だって、本当の私じゃないんだわ。この体はかりそめのものなんだわ。

——「正体を現しなさい」

また、赤のおばあさんの声が思い出された。

——本当の私とは……。今の私じゃなくて、もっともっと前の私。中学校の前、小学校にいく前は……。いえ、もっともっと前。パパとママの子に生まれてくる前は……。本当の私だった。ただの私だった。「望月ありか」ですらなかった。私は、この木だった。私は、この風だった。私は、この森だった。私は、私は、本当の私は……。

ありかはそこでぱちりと目を開けた。

「目を覚ましたかい、お嬢さん」

夢は突然終わった。

「さあ、スープができたから飲みなさい」

おじいさんは食卓に深緑色のテーブルクロスを掛けて、スープ皿と紅茶を置いた。

「紅茶も、スープも、この緑の世界のすべての植物と調和している。飲むことでお嬢さんも調和するんだ」

ありかはベッドから降りると、寝起きのぼんやりとした意識のままに食卓についた。

「そうそう、緑のクッキーがまだあったはずじゃ……」

おじいさんが食器棚の一番上の扉を開けようと、つま先立ちで背伸びする。

「痛たたた」

おじいさんは腰に手を当てて、苦笑いをした。

「最近どうも腰の調子が悪いようだ」

ありかは慌てておじいさんのところへいった。

「大丈夫？　おじいさん、手伝うわ」

おじいさんは笑顔で制した。

「ありがとう、優しい子だな」

笑うと目尻のしわがくっきりと深くなった。

「席につきなさい。いいかい？　緑の魔法を習得するにはまず体をゆるめるのだよ。力が入っているとろくなことがない。リラックスは最大にパワフルな状態なんだ。さあ、スープと紅茶を飲みなさい」

ありかはティーカップを持ち、紅茶を一口飲んだ。甘い植物の匂いが鼻孔をくすぐる。これまで飲んだどんな紅茶とも違う味だった。それはまるで自分まで植物になったような深く大きな味だった。

「おいしい……」

この味を形容する言葉が見当たらなくて、ありかはそうつぶやいた。

「世界のすべての植物と調和する紅茶だ。さあ、スープも飲みなさい。新緑と枯れ葉のスープだよ。太古と現代、子どもと大人、すべての時の流れと調和するスープだ」

ありかはスープを一口すくって飲んだ。これも未経験の味だった。懐かしいような、新しいような、フレッシュなような、熟成されたような、浅くて深い味がした。

「うわあ……、しみる……」

紅茶とスープは一口飲んだら止まらなくなった。交互に飲んでいるうちに、力がしだいに抜けていくのをありかは感じた。さっき夢の中で見た泉の水面に映る自分の姿のように、自分が粉になってふわっと周りに霧散して広がっていく感じがした。霧散した自分はもう自分ですらなく、そよぐ枝や鳥の声と同じものになったような気分だった。

「ああ……、気持ちがいい……」

ありかの言葉におじいさんがにこりと笑った。

「体がなくなって、自分が全体になるような気がするだろう」

「そう！　そんな感じ！　木とか、風とか、そういうものと自分がつながった感じがするの。とても幸せなの。とても楽なのよ。おじいさん、この感覚はとても不思議ね？」

おじいさんは緑のクッキーを並べた皿を食卓に置いて言った。

「それが調和するということだ」

「調和する？」

――さっきから調和という言葉が何度も出てくるな……。

ありかは怪訝な気持ちになりつつ、今度は緑のクッキーを一つ食べた。

——この味は……。

「おじいさん、私……、なんだか……」

ありかは胸がいっぱいになった。

おじいさんは顔をくしゃっとさせて、自分も緑のクッキーを一枚食べて言った。

「わしのことが、大好きになっただろう」

ありかは胸に膨らむ感情を抑えることができなかった。

——おじいさんが大好き！

「惚れ薬みたいなクッキーなんだ。これを食べると目の前の人を大好きになるんだよ」

ありかは立ち上がっておじいさんのエプロンに抱きついた。

「おじいさん、大好き！　大好き！」

おじいさんは何度もうなずいてありかの頭をポンポンと叩いた。

「わしもお嬢さんが大好きだ。この緑の国ではお互いのことを愛し合っているのが当たり前なんだ。こうして目の前の人と調和して生きていくんだよ」

「ああ、これも調和なのね」

「そうだよ。紅茶を飲んですべての植物と調和し、スープを飲んで時の流れと調和し、クッキーを食べて目の前の人と調和する。自分がとてつもなく大きくて全体的なものとつながっている喜びをいつも感じることができる。この調和している状態を、愛と呼ぶのだよ」

「……愛」

愛という言葉は、恋愛や親子関係に使うものだとありかは思っていた。

「この調和のことを愛というの？」

おじいさんは静かに言った。

「愛を言葉で説明することなんて、誰にもできないんだ」

出窓から気持ちのいい陽射しが食卓の二人を照らしていた。

「例えることならいくらでもできるけれど。ほら、このお日様の光は愛だ。何千年もかけてこの森が出来上がったことが愛。お嬢さんというすばらしい存在そのものが愛なんだよ」

ありかは胸がドキドキして高鳴っていた。太陽の陽射しに愛を感じるなんて生まれて初めてだったが、今はその愛を胸いっぱいに吸い込むことができた。今ここにいることとその周りにあることすべてに、愛おしい気持ちを感じるのだった。

こんなにも愛に満ちた気持ちになれるなら、元の世界に戻っても、もう自殺なんて考えないかもしれない。

「けど……」

ありかはふと現実を思い出してうつむいた。

「おじいさんの紅茶とスープとクッキーがいつもあればいいけれど、それなしでこういう気持ちになることができるかしら」

「それはお嬢さんがこれから習得するんじゃないか。それが緑の魔法なのだから」

窓の外でディアが高らかに鳴いた。

「さあ、お嬢さん。ディアが呼んでいるよ」

おじいさんにそう言われて家の外に出るとまだ太陽は高いところにあった。

庭では薄緑色の毛を太陽に照らされたディアが微笑んでいた。

「休息できましたか、ありかさん」

問われて初めてありかは自分の体と心がとてもリラックスしていることに気づいた。

「ええ、たっぷり」

ディアは背中をこちらに向けて言った。

「さあ、お乗りください。緑の魔法を習得しにいきましょう」

おじいさんは戸口に立って満面の笑顔で手を振っていた。
「ありがとう、おじいさん！　大好きなおじいさん、さようなら、さようなら」
ありかも大きく手を振り返してからディアの背に乗った。
「さようなら、お嬢さん」――、おじいさんは手を振り続けていた。
ディアが風のように疾走を始めた。
おじいさんの家がまたたく間に後ろへ遠ざかっていった。

優しい緑の森

ありかとディアは、森の中へと入っていった。深い緑色の風を頬に感じる。植物の匂いがどんどん強くなっていく。

しばらく走ると森の中の街についた。緑色の屋根の小屋がいくつも建ち並ぶ通りが続く。緑色のカフェの窓際で緑色の食器で飲み物を飲む、緑色のハットをかぶった紳士の姿も見えた。何もかもが緑色の街だ。

そよそよそよ。

サラサラサラサラ。

森の音がこの街を覆っていた。

ディアが高く長く歌うように鳴いた。するとその鳴き声を聞いて、いくつもの小屋から人々が出てきた。

ディアが人々にありかを紹介した。

「緑の魔法を習得に来た望月ありかさんです。ありかさん、緑の森の仲間たちですよ」

人々は嬉しそうに近づいてきた。

「やあ、いらっしゃい旅の人」

「とても疲れたでしょう」

「あなたが来てくれて、私たちとても嬉しいわ」

老若男女がありかを囲んだ。誰もがありかをねぎらい、優しく抱きしめたり、髪の毛を撫でたりして愛おしむのだった。なんという優しい国だろうとありかはうっとりした。

「皆さんありがとうございます。どうぞよろしくお願いします」

緑の街の人々は微笑んで歓迎した。

「嬉しいわ」

「よろしくお願いします」

歓待されたことが嬉しくて、ありかは幸せを感じた。

「どうしてこんなに歓迎してくださるのですか」

ワンピースを着た女性が言った。

「私たちは出会いが大好きなのです」

ベレー帽をかぶった男性が言った。

「そこのカフェで飲み物をごちそうしよう。さあ、こちらへ」

Tシャツ姿の子どもが言った。

「だめだよ、この人は修行で来ているんだもの」

スカートを履いた少女が言った。

「そうよ、それにこの人はこれからとっても恐ろしい目に……」

「しいっ！」

大人たちが少女の口をふさいだ。

「恐ろしい目って？」

ありかが少女の前にかがんで言った。

「いやいやなんでもないんだ」

「あなたならきっとできるから」

大人たちが早口に言った。

「緑の魔法の習得は、恐ろしいことなの？」

ありかが聞くと、口をふさいでいた大人たちをようやくふりきった少女が言った。

「そうよ、恐ろしいことなの。間違ったら分離しちゃうんだもの」

ディアが少女のほうへ向きを変えて言った。

「こらこら。いけませんよ、ヒントを出しては。ありかさん、これから私は森のコロニーへいくんです。一緒にいきましょう」

少女はしゃべりすぎたことに気づくと、顔を真っ赤にして家の中へ入っていった。

「コロニーって？」

ありかがディアに聞き返す。

「この森の仲間たちはそれぞれの集まりを作っていて、その集まりのことをコロニーと呼んでいるんです。今日は白樺のコロニーにいって、そのあとディスコードたちのコロニーにいきます」

「じゃあ、そこで私は緑の魔法を習得するの？　でも恐ろしい目って……」

ありかはさっきの少女の言葉を聞いて出かけるのが少し怖かった。

「調和さえ選べば恐ろしいことはありません。さあ、いきましょう」

ディアに優しく言われ、ありかは意を決してディアの背に乗った。ディアは街の人々を振り返って言った。

「夕方の森のセラピー会には戻ってきます」

人々は口々に、「いってらっしゃい」「愛してるわ」と送り出した。

ディアはありかを乗せて駆け出した。疾走感が気持ちよかった。

しばらく走ると、白樺の木がたくさん生えている林にたどり着いた。

「こんにちは」

ディアは一番手前の白樺に話しかけた。

「こんにちは、ディア」

白樺が枝葉をゆすって答えた。幹全体で声を出しているようだ。

「どうですか、今日のお加減は」

「ありがとう。今日はとても太陽の光が多くて気持ちがいい。少し水分が足りないようだけれど、明日雨が降るから大丈夫です」

ディアと白樺の会話を聞いてありかは驚いた。

「まあ、白樺さんは天気予報ができるの？」

白樺は枝葉を揺らした。

「だいたいの天気はわかります。湿度や光の量。酸性とアルカリ性。鉄分や磁力なんかもわかるので、それらでいろいろなことを判断しているんですよ」

「白樺さんってすごいのね！」

「植物はみんなそうです。体全体がセンサーみたいなものですから」

「私、通学路の朝顔やプラタナスには毎朝おはようって言っていたの。あれも聞こえていたってこと？」

ありかが言うと、白樺がそれに答えた。

「聞こえていますよ。声は波動を伴いますから。気持ちにも波形があるのでたいていキャッチしています」

——同じようなことを確か虹さんも言っていなかったっけ。

ありかは虹と会話したあの夜更けのことを、もうずいぶん昔のことのように思った。あの夜、自殺をしようとしていた。けれども人生の最期に虹の魔法を手に入れるというギフトを手にしてみたい、という気持ちでここに来ているのだ。そしてこれは、夢の中の夢なのだ。植物と話ができてもおかしくはない。

「ところでディア」

白樺は口調を少し変えて話し始めた。

「北側の高台の杉たちのコロニーで病気になっている木があるようです。マザーツリーに今みんなでお願いをして養分の配給を始めました」

ディアはふむふむとうなずいて言った。

「そうですか、マザーツリーがご存知なら心配ないでしょう。原因は?」

「化学的な異物が北側に撒かれたようです。人間でしょうか」

「人間世界と次元が混線したのでしょう。しかしこの森には自浄作用があるから大丈夫でしょう。白樺さんたちも何かあればすぐにマザーツリーへ」

「わかりました。ありがとう。愛しています」

「愛していますよ、白樺さんたち」

ディアはありかのほうに向き直って背に乗るように促した。

「では、ディスコードたちのコロニーへ向かいましょう」

ありかが背に乗ると、ディアはまた風のように駆け始めた。

「ねえ、ディア」

「なんですか、ありかさん」

「さっき白樺さんが言っていたのって人間が使う化学物質？　洗剤とか？」

ディアは軽快に駆けながら答えた。

「洗剤かもしれませんね。人間は確かに化学物質を使いすぎる。けれども人間がそういうものを求めることも含めて私たち森の仲間は人間も愛しているし、調和したいのだけれど」

ありかはなんだか恥ずかしくなった。人間の世界では争いや私利私欲などがたくさんあって、このような全体を愛し調和する境地にいる人は少ないように思われた。森にいる仲間たちはさっきからずっと愛に満ちている。

「ねえ、私も森の皆さんみたいになってみたい。人間だから無理かな」

ディアは静かに立ち止まった。

「そうですねえ。人間が緑の魔法を手に入れたら地球はすばらしい状態になります」

ありかはすっかり自信を失くしていた。

「でも、なんだか人間って愚かな感じがするわ。人間の私に緑の魔法ができるのかしら」

ディアはありかの悲しそうな瞳を見て言った。

「きっとできます。人間は行動の想像がつきません。ある意味可能性に満ちた存在です。人間はすばらしい生き物です。私たちは人間を愛しているんです」

ディアにそう言われても、ありかは森の仲間たちの前に顔をあげられないような複雑な恥ずかしさを拭えなかった。

ギスギスした不協和音の世界

「さあ、ディスコードたちのコロニーへいきましょう。白樺さん、ディスコードたちは今どちらに？」

ディアが聞くと、白樺はゆっくり風に吹かれてから静かに答えた。

「いつものように、南西の不和のくぼ地のようです」

「ありがとう」と言って、ディアはありかを乗せてまた風のように駆け出した。

「ねえ、ディスコードってどんな意味？」

ありかは走るディアに話しかけた。

ディアはスピードをゆるめてありかを振り返り答えた。

「言葉の意味としては不協和音とか不和とか不一致とかですよ」

ディアは立ち止まって言った。

「ここではディスコードというのは植物がからまった人間を表します。彼らは自分たちの不協和音にからまってしまったのです」

「どういうこと？」

植物のからまった人間だなんて、とても恐ろしいことのように思えた。

「いよいよ緑の魔法の習得の時間に入ってきましたよ。ディスコードたちは、かつて緑の魔法の習得に来た人たちのなれの果てです。あなたも人間のままでいられるかどうか……」

さらに恐ろしい話だった。

ありかは呼吸を整えた。

──大丈夫。私には「勇気」と「陽」と「自分」があるわ！　さあ、今度は……。

「緑の魔法は調和です。胸の扉を開いて目の前のものと調和するのです」

「胸の扉？」

「そうです。扉が閉まっていては周りと自分が分離してしまいます。調和は心を開くところから始まるのです」

「調和ね。ああ、紅茶とスープとクッキーがなくてもできなくちゃならないのね！」

ディアが静かにうなずき、また軽やかに走り始めた。

しばらくして目的地に着いた。南西の不和のくぼ地は、へこんだ大地を背の高い木々が覆っている場所だった。ちょうどドーム球場のような形と大きさだった。無数にからまった蔦が木と木をつなぎ、屋根と壁のような役目を果たしていた。一部壁が途切れ、木の枝がアーチ状になっているところが入り口らしい。

その入り口に立って、ディアが高く鳴く。ほどなくして奥から不思議な姿のものたちが出てきた。体は人間だったが、髪の毛が蔦と葉でできていて、それらが全身を服のように覆っていた。蔦や葉にからまった体は身動きを取るのがとても不自由そうだった。葉の奥に見える眼がじっとこちらを見ている。

「何の用だ」

一人のディスコードがいぶかるようにディアに聞く。

「こんにちは。皆さんのご様子を見に来たのです」

ディスコードたちは、我先にと前へ出てきた。

「なあ、土産はないのか」

「私の話を聞いてちょうだい」

「その女の子は誰？」

彼らの発する声はひどい不協和音となり、へたくそなオーケストラの演奏を聴いているようだった。

ありかは思わず耳をふさいだ。

一人のディスコードは年配の男のように見えた。一歩前に出て怒鳴り散らすように言う。

「まずは俺さまだ。土産を寄こせ。俺はいちばんの古参なんだ。俺を優先しろ」

その後ろから中年の女らしきディスコードが出てきてゆっくりと言った。

「ようやく聞き役が来たわね。私とても悲しいことがあったのよ」

さらに少女が出てきて早口で話した。

「私と遊びましょ。ね、私だけと遊んでほしいの。さあいきましょいきましょ」

誰もが自分の話だけをしていて、話す内容もスピードもテンポもあまりにバラバラだった。彼らの声を聞いているうちに、ありかは呼吸が苦しくなってきた。

ディスコードたちは話すのをやめない。

「なあ、そのリュックの中に土産があるんだろう」

「私の話をどうして誰も聞いてくれないのかしら」

「ねえいきましょ。みんなこの人を引き留めないでよ。私だけの友達になるんだから」

——なんだかうちのクラスみたい……。

ありかは中学校での日常のことを思い出していた。ときどき学校のクラスでも、これと同じような不協和音の空気を感じた。誰もが相手へ思いやりを持たず、場に調和しようとしないでどんどんざわざわしていき、居心地の悪いギスギスした空気になる。

——人間社会の縮図みたいだわ……。人間たちはまるでディスコードみたいだ……。体中にからみついた植物の葉と蔦は、人間社会なら、何だろうか……。

考え込んでいるありかにディアが声をかけた。

「ではありかさん、彼らの話し相手になってあげてください。私は遠くで見ています」

「えっ、そんな。ディア、いっちゃうの？」

「調和の魔法がんばってください。調和と分離は胸の扉の開閉です。胸の扉を開いて調和をするんですよ」

ディアは向きを変えて、もと来た森のほうへ戻っていってしまった。

ありかはディスコードたちの中に一人取り残された。

――ああ、どうしたらいいんだろう。

ありかは頭を抱えた。ディスコードたちはバラバラの主張を言い続けている。

――ひどい不調和だわ。学校のクラスでもしょっちゅうあった。ああ、そういえばあのときだって……。

ありかは去年の合唱コンクールのことを思い出した。

放課後の練習のため、体育館に集まっていた。女子がステージ上に並んでいるのに、男子が集まらず、収拾がつかなくなっていた。

先生が叱ってもみんな言い訳ばかりだった。

「女子がしゃべってばっかりで全然練習できません」

「男子が時間通りに集まらないからしゃべって待ってたんです」

「私一人が指揮者で苦労していると思います」

場が騒然としていった。誰もが一斉に話すので空気はどんどん不調和になっていく。あの頃はまだありかはいじめられておらず、リサたちと一緒にそれを眺めていた。リサは事の成り行きを面白そうに眺めていた。

ありかは自分に火の粉がかからないようじっと息をひそめていた。

すると少し離れたところにいた、いつもは大人しい聖子がありかのほうへ歩いてきた。聖子は名前の通り清らかな性格で、人の悪口を言うところは見たことがない。悪口や噂話ばかりする女子たちにはなじまず、いつも孤高の存在でいる。

その聖子がやってきてありかにささやいた。

「ねえ、これじゃまずいわね。ありかはどう思う？　この状況」

そう聖子に聞かれたとき、大人っぽい聖子が自分の意見を聞きたがっているのだと思い、嬉しくなった。しかし、何か意見を言って聖子と一緒に矢面に立つリスクは避けたかった。

聖子に対してありかは拒絶のような一言を言った。

「私は別に……」

関わり合うのが嫌で、そうとしか言えなかった。自分の中に貝のように閉じこもってみんなから分離したいと思った。

その瞬間、聖子と自分をつなぐ糸がぷつんと切れたような気がした。

「ふうん」と聖子は残念そうな顔をして立ち去った。

ありかが取った態度は、クラスのみんなや聖子の提案から自分を分離することだった。分離をするのは楽だ。雰囲気が悪ければその場と自分を分離すればいい。人間社会のギスギスが嫌なら社会と自分を分離すればいい。

「なんとか言えよ。おまえはどう思うんだよ」

「まあ、ひどいわ。お嬢さん、聞いてくださらないの？」

「ねえ、遊びにいこうよ。ここにいるのは嫌」

ディスコードたちがぐんぐん近づいて来た。

——おお、嫌だ。

ディスコードたちと会話をしたくない、とありかは不快に感じた。こういうときは分離だ、とありかは思った。この人たちと自分を分離すればいい。

▼調和
▼分離

ありかの胸の扉が閉じて、聖子に対してしたときのようにそっけなく答えた。

「私は別に……」

するとその瞬間、ディスコードたちが体中にからまる蔦と葉をありかのほうにからめようと近づいてきた。

「おお、分離だな」

「あなたも分離なのね」

「さあ、蔦をどうぞ、葉っぱも乗っけるよ」

一歩、また一歩と、ディスコードたちが蔦と葉をもって近づいてくる。

「嫌よ、やめて、何……」

ありかが恐怖に後ずさりする。

「おまえも仲間だ。調和できないんだ。なあ、そうだろう」

蔦をありかの首にかける。

「お嬢さんも調和できないのね。みんな分離してバラバラになればいいんだわ」

葉をありかの頭に置く。

「誰のことも愛さないよ。自分がよければそれでいいの」

蔦を首から胴体へ巻き始める。

「分離！　分離！　世の中バラバラになっちまえ！」

葉を体中に貼り付ける。

——分離は確かに楽よね。

ありかはくっつけられる葉っぱや蔦に体半分が埋もれながらつぶやいた。

▼調和
▼分離

——調和するなんて面倒なことしなくていいんだわ。だってこの人たち、あまりにも勝手なんだもの。

そういえばありかへのいじめが始まったときもそうだった。ありかはリサの許しを乞うことも考えたが、結局無反応を選んだ。自分の周りに透明な膜を作り、自分と他者を分離していた。自分を守るため、境界線を引いていた。ただ自分の世界に入り込み、とにかくスケッチブックに動物たちを描いて過ごした。それだけが精いっぱいの防御だったのだ。

ディスコードたちはありかを取り囲んでいた。

「さあ、おまえもディスコードだ」

「目の前の人と調和しないことは宇宙と調和しないことだ」

「周りのすべてから自分を分離しよう」

「それ以外のことなんて知ったこっちゃない」

▼調和

▼分離

——そうよね、分離が一番いい方法……。

葉っぱと蔦を次から次へとかけられているうちに、ありかはどんどん眠くなってきた。あのおじいさんの家で昼寝をしたときのように意識が朦朧としてきた。

「おまえは病気なのだよ」

おじいさんは確かそう言った。

——病気？

「おまえが生きている世界の人たちはみんな病気なんだよ」

——このまま葉っぱをかけられて私はますます病気になるんだわ。ここで植物のように朽ちていくんだわ。ディアはどこへいっちゃったんだろう。

ありかはディアの去り際の言葉を思い出した。

「彼らの話し相手になってあげてください。私は遠くで見ています」

話し相手になってあげて、とディアは言った。

ありかの頭が少しだけはっきりした。

——話し相手？

年配の男のディスコードの胸が、ありかの胸の正面に来た。その瞬間、そのディスコードの胸の扉から何かが出ているようにありかは感じた。思わず瞳をのぞき込むと、悲しそうな眼をしている。

——あれ？　あなた悲しいの？

それに気づいたとき、ありかの深いところからエネルギーのようなものが湧いてきた。

——もしかして、本当はこの人たちは分離じゃなくて調和したいのでは……。

「胸の扉を開くんですよ」

ディアの言葉が耳の奥にこだました。

深呼吸をした。

——きっとできるわ。私には、三つの魔法がある。

ありかに、本来のありかの力が宿った。

▽調和

——胸の扉を開くのよ！

ありかは一人一人に心を開き、話し相手になることにした。

まず年配の男のディスコードのほうを向き、微笑んだ。

「お土産ですって？　あいにく手ぶらなのよ。ごめんなさいね。まあ、あなたはそんなにも古くからこちらにいるの？　すごいわねえ」

そして中年の女のディスコードの両手を取って話しかけた。

「悲しいことがあったのね。その気持ち、一緒に感じてあげる」

さらに少女のディスコードと向き合った。

「遊びたいの？　何して遊ぶ？　私は少ししか時間がないけれど、ちょっとの時間でできる遊びがあるかしら？」

ひゅう、と一陣の風が吹いた。

ディスコードたちは動きを止めてじっとありかを見つめていた。もう誰も何も発しなかった。やがて、一人ずつ不和のくぼ地の奥へ消えていった。

森の静寂が戻ってきた。

ありかは静かにため息をついた。

許しは調和を愛に高めます

「おめでとう！」

ディアがどこからともなく現れた。

「じつに見事でした。とても素晴らしい調和でした。緑の魔法はこの調和をすることです。ありかさん、習得なさいましたね」

ありかが驚いて言った。

「今のが、そうなの？」

ディアが微笑んでうなずいた。

「そうです。胸の扉を開いて目の前の人に向き合い、相手の気持ちを思いやること。これが何よりの調和です。よくできましたね！」

「こんなこと、学校ではとてもできなかったわ」

「なかなか難しいことです。さあ、森のセラピー会へいきましょう」

森のセラピー会は盛大なお祭りのようなもので、森の真ん中にあるというマザーツリーのところにみんなが集まるのだそうだ。

「今夜はマザーツリーのお話をみんなで聞くのです。ありかさんもぜひご一緒しましょう」

緑の魔法を習得したありかをディアは誇らしそうに見て言った。

もうすぐ夜になる。森を通り抜ける風が少し冷たくなってきた。

サラサラサラ。

そよそよそよ。

風は緑の国を揺らすようにして歌っている。すっかり慣れ親しんだディアの背に乗って、ありかは森のセラピー会場へ向かった。

緑の国の人たちが大きな樹の周りに集まっていた。誰もがくつろいだ表情で微笑みあって談笑している。お互いの体や顔に触れたり、手をつないだり、あるいは寄り添ったりしていた。

「それではそろそろ始めましょうか」

一人の男がそう言うと、人々は静かになって真ん中の大きな樹のほうを注目する。

「では、マザーツリー。セラピーをお願いいたします」

見たこともないような大きな樹だ。何十人がぐるりと囲んでも囲いきれないほどの太い幹。辺りに覆いかぶさるような高い枝。人々はその大きな樹の周りの草地に座り込んだ。

マザーツリーがゆっくりと振動を始めた。

サラサラサラ。

そよそよそよ。

場の空気が柔らかく優しくなっていく。

マザーツリーが話し始めた。

その声は、風にしなる森の枝が立てる音に似ていた。座り込んだ草地から振動となって伝わってくる。言葉は明瞭に聞こえた。

「宇宙に、この星に、そしてこの星に生きとし生けるものすべてに、空気に、音に、色彩に、時に、感謝いたします」

ありかは、あまりの優しい空気に幸せな気持ちが高まり、隣にいたディアに話しかける。

「マザーツリーさんのお話を聞くのね。それがセラピー会なのね。なんだか素敵」

「そうですが、最後に真のセラピーがあります」

「何、それ?」

思わず声が大きくなったありかをディアは「しいっ」とたしなめた。

「聞きましょう」

気づけば話しているのはありかだけで、他の人たちは静かに聞き入っていた。

マザーツリーの話が続く。

「みなが調和しているので、この森は自浄作用をもち、完全なバランスを取り、木も虫も動物もみなが愛し合うことができる森となっています。すべてが一つであることに感謝いたします。一部の分離すらも慈しみ、許し、愛することで、本当の調和ができていることに感謝いたします。みなの胸に、許しを……、許しは調和を愛に高めます」

——許し……、それはちょっと……、ハードルが高いな……。

許しという言葉を聞いて、ありかの胸がちくんと痛くなった。

「出会った人すべてを許すという境地に至って初めて、私たちは調和を愛に高めます」

ありかはマザーツリーの話を聞きながら、だんだん胸が苦しくなっていった。

——私はリサを許せない。

あんなに意地悪なことをするのを許すなんてできない。ありかは自分の胸の辺りがチリチリと焦げつくように感じた。

——マザーツリーさんには悪いけれど、私には許しは無理だわ……。

森の風向きが変わった。

ありかは、自分の胸の焦げつきに向かってそよ風のようなものが吹いてくるのを感じた。風は今ありかの胸だけに向かって吹いていた。風だけではなかった。今、この森のすべての気が自分の胸だけに向かってきていることが、ありかにはわかるのだった。

マザーツリーが言った。

「一人の病気を、みなで癒しましょう」

森全体のエネルギーがありかの胸の焦げつきに集中する。胸にある「人を許せない気持ち」がうずく。チリチリと焦げる感触に柔らかい何かが混ざっていく。

森全体のエネルギーがありかの胸に向かう。

――胸が……、少しだけ温まってきたみたい……。

サラサラサラ。

そよそよそよ。

愛してる、愛してる、愛してる……。緑の国の人々の愛が、ありかの胸に集まってくるのを感じる。

サラサラサラ。

そよそよそよ。

大量の愛でありかの胸が満ちていく。焦げついた胸の痛みが和らいでいく。そこには慈愛と癒しがありとあらゆる角度から集まってきていた。

――私は愛されている。

それは圧倒的な体感だった。自分がマザーツリーから、この森から、この世界のすべてから愛されていることがただわかるのだった。それはコップを満たす水のように、胸の扉から入ってきてありかの体と心をまんべんなく満杯にした。満杯になって初めてありかはその感覚がわかった。

——そうか、本来はこうなんだ……。

自然界のすべては本来このような愛で満たされており、自分もただその一部なのだということが感じられた。その膨大な愛の一部になることは、生まれて初めての強烈な経験であり、一方で懐かしい状態でもあった。

——リサもこれを感じたらいいのに……。

愛が欠けていることでそこに恐れと攻撃が生まれるのかもしれない、とありかは思った。リサには愛が欠けているのだ。クラスのみんなにも愛が欠けているのだ。みんな分離しているから、ああいういじめが起こるのだ。いじめられていた自分にも愛が欠けているのだ。だからお互いに分離で解決をするしかなかったのだ。

本来の愛に満ちた自分にゆっくり戻っていった。慈愛によって胸が満たされると、それ以外のものは胸からこぼれ落ちていき、いつしか消え去っていた。

ありかは自分の胸に大きな変化を感じた。リサへの憎しみを意識しようとしてみてもそこには気持ち自体がもうなかった。記憶はあっても感触はなかった。あるのはただ本来誰もがそうであるようにリサも愛に満ちるべき存在だと思う穏やかな気持ちだけだった。リサがやったことはひどいとは思う。苦しい傷は変わらない。しかし、それは積極的な憎しみとは違うものだった。自分が愛に満ちたとき、被害者である認識は薄くなった。誰もが幸せであればいいのにという気持ちだけがそこにあった。

ありかは、自分が今癒されたことを感じていた。

マザーツリーが言う。

「本当の調和に感謝いたします。ありがとう、ありがとう、ありがとう……」

この森にある木々の枝の一本一本、水滴の一粒一粒までが愛に満ち満ちて、ありかの体の隅々にも行き渡った。

——もともとこうだったんだ……。

愛に満ちていることは自然の本来の姿であることを全身で感じていた。ありかはあまりの気持ちよさにしばらくの間、目を閉じてそれを味わっていた。

幸福感に満たされて目を開けると、草原にただ一人立ち尽くしているだけだった。

サラサラサラ。
そよそよそよ。
風の音だけが余韻のようにあった。
ふと頭上に羽音が聞こえた。
「おめでとうございます、お嬢様！」
上空からケツァルが優雅にこちらへ降りてきた。
——青の国へ移動するんだわ。
ありかは両手を広げてケツァルを歓迎した。

第五章　青の魔法

青の国すべてが合唱団なのです

慣れ親しんだケツァルの背に乗って、ありかはほっと一息ついた。

「上空は寒くなかった？　ありがとう、ケツァル」

ありかは愛おしそうにケツァルの背をさすった。

「お嬢様、また変わられましたね！　緑の国で調和を学んでこられたんですね」

——調和かあ……。

ありかは緑の国で体験したことを静かに振り返った。

「そうよ、ケツァル。調和ってすごかったわ。分離から調和になると、自分が何万倍にも大きくなるような感じよ。体が何万倍も大きくなる感じってことじゃないのよ。なんというか、ううんとね……」

ケツァルが口ごもるありかを振り返って言った。

「自分がすべてであることを思い出すような感じ、ですか」

ありかは驚いてケツァルの背中を叩いた。

「まさしくそうよ！　ケツァルすごい」

ケツァルは上空へ翼を広げ大きく旋回しながら話した。

「こうやって空を飛んでいると、そのことを感じるんです。私は一部ではなく全部だって。今飛んでいるのは私であり、お嬢様であり、地球であり、宇宙そのものなんですよね」

ありかはケツァルの言葉を聞いて本当にそうだと思った。今、すべてがつながっていた。それを感じながらの旋回は気持ちよかった。

「ではいきましょう」

「青の国へ」

長い飛行の末に着いた先は一面の海だった。海面に朝の陽射しが反射していた。海から陸地にかけて続く浅瀬が砂州に囲まれて湖のようになっており、その部分の水面がターコイズブルーに輝いていた。

「あのラグーン沿いに」

ケツァルが言った。

「青の国があるのです」

「ラグーン？」

「あの海に接した湖のようなところです。ほら、白い砂の丘にぐるりと囲まれたターコイズブルーの湖。あそこに青の国があるのですよ」

「まあ、海にせり出した大きなプールみたいね。素敵なところ」

ケツァルは静かにラグーンへ向けて降下していった。

近づくほどに全貌が見えてくる。朝日が地上を照らしていた。青の国は、白い壁に青い屋根の家が立ち並ぶところだった。家々から青いマントをかぶった人たちが広場へ出てきた。広場の中心にある池も美しいターコイズブルー色をしていた。

ケツァルはその池の横に着地して、ありかを降ろした。

池の周りに青いマントを羽織った人たちが集まり、大勢で歌を歌っていた。

高き空の抱擁よ
広き海の開放よ
清らかなる静けさで
青はすべて包み込む
水あさぎの波しぶき

水かがみに映る鳥
雲居の空つきぬけて
青はすべて包み込む
真実たる美しき
本心なる言の葉を
博愛にて受け入れし
青はすべて包み込む
青はすべて包み込む

ありかはその美しい合唱にうっとりと聞き入った。

「ねえ、とても素敵な歌声だわ。あの人たち、合唱団なのかしら」

ケツァルが微笑んで答えた。

「この青の国の人たちすべてが合唱団ですよ。今の歌は、『青はすべて包み込む』という
この国の国歌です」

「まあ、なんて美しいメロディの国歌なのかしら。私も歌いたい！　私、小学校のとき合

唱団にいたのよ！」

ありかは飛び跳ねてはしゃいだ。

「ここでは歌が魔法なのかしら」

ケツァルが姿勢を正してありかを見た。

「歌は、魔法の一部ですよ」

「一部？」

「さあ、いってらっしゃい。青の冒険へ。お嬢様が、また美しくなられるのがとても楽しみですよ」

「美しく？」

「はい、さようです。赤、オレンジ、黄色、緑……。魔法を習得されるたびに。ではごきげんよう」

ケツァルはバサリと羽ばたいて、またたく間に上空へ飛び去っていった。

ありかは、広場に集まっている青のマントを着た人たちのほうへ歩み寄った。よく見るとそれぞれの人のマントは色合いの違う青だった。人々が集うさまは青のグラデーションを見ているようだった。誰もが幸福そうに歌っている。ありかへ話しかけてくる人は誰もいなかった。

「どうしよう？　誰かに話しかけてみようかな……、あの人が話しやすそう……」

広場の奥から現れたターコイズブルーのマントを着た婦人に話しかけてみることにした。

「こんにちは。あの、私は青の魔法を学びに来た者です」

婦人は恥ずかしそうにうつむいて答えた。

「いらっしゃい」

かけられた言葉はただそれだけだったが、婦人の顔は微笑んでいた。

赤の国のようにワイルドでもないし、オレンジの国のように陽気でもない。黄色の国のように身元を確認されるわけでもなく、緑の国のように抱きしめられることもなかった。

この青の国の人たちは、ただ静かにありかを包み込むように受け入れていた。

自分がここにいることを受け入れられていると感じるのは、なんて落ち着くことなのだろうとありかは思った。

「あの、私は望月ありかといいます。青の魔法を学ぶにはどうしたらいいのかしら」

婦人は微笑みを少し深めてうなずいた。

「アジュールに会うことよ」

「アジュール？」

婦人は、美しいソプラノの声で歌うように続けた。

「美しき言の葉を曲に乗せ紡ぐ人。国歌の作詞をなされし人」

——高き空の抱擁よ、広き海の開放よ。

先ほどの美しい歌声がありかの耳にまだ残っていた。

なんとなく、歌詞の印象からアジュールは女神のような女性に感じられた。

「アジュールは、男性？　女性？　どうすれば会えるのですか？」

矢継ぎばやに質問するありかを婦人は優しそうに見つめて歌うように言った。

「アジュールは女神。東の辺境の一番高き岩山にてラグーンを見下ろして歌う女神」

ありかはその光景をイメージしてうっとりした。

「早く会いたいわ！　ではいってきます！」

ありかは一刻も早く行動したくなってそわそわした。

婦人はそんなありかを可笑しそうに見て微笑むと、また歌うように言った。

「ラグーンの藻にからめとられた旅人は戻って来られない」

「えっ」

さらりと恐ろしいことを言われて、ありかが問いただした。

「それって、どういうこと？」

婦人はさわやかな笑みを浮かべたまま続けた。

「曖昧な遊泳を続けたくなければ本当の言葉で抜けようラグーンから」

「本当の言葉で？」

ありかにはよく意味がわからなかった。

婦人は「困ったら浮雲を呼ぶといいわ」とささやくと、白い石造りの階段を上って立ち去ってしまった。

「浮雲？」

ありかの言葉はもう婦人には届かなかった。

――浮雲ちゃんのことかしら。

ありかはオレンジの国で出会った浮雲のことを思い出した。

「あたしは彩雲の子ども」

浮雲はそう名乗っていた。

感情の谷底で白い雲が蜘蛛の糸にかかっていたのを助けたのだった。あのとき、浮雲がありかを助けてくれた。またここでもお世話になるのかもしれない。

——まずはアジュールに会いにいかなければ。

ありかは大事な一歩を踏み出して言った。

「さあ！　いざ！　東の辺境へ！」

その瞬間、街じゅうで歌声が響いた。

さあふみだした！
母なるディーバのところへ
いまふみだした！
栄えある奇跡の旅人
めざすのは女神
のびやかな御声
そう　彼女の名はアジュール　アジュール　アジュール

合唱団の美しい声が街じゅうに響く。

「なんだか私のことを祝福してくれているみたいだわ」

そうつぶやくと、歌声が続いた。

そうよ　あなたを祝福するわ
ラグーンの藻にからめとられても
そうよ　あなたを祝福するわ
言葉の魔法を使えるのなら

ありかは気づいた。

青い国の人たちはべたべたと仲良くしてきたりはしない。みんなそっけないほどにクールで落ち着いた態度で最低限のことだけを話す。

けれどもこの人たちはありかの声をきちんと聞いて、その声に返事のような歌を返してくるのだ。

――表面はクールだけど、すごく受け入れられて理解されているのがわかるわ。

行き交う青いマントの人々は、恥ずかしそうに目を伏せて静かな会釈を返すだけだ。陽気な言葉をかけて来たり、ハイタッチをしてきたりはしない。けれどもありかのことを、彼らが受け入れているのがわかるのだった。

そんなことを感じながらありかは東の辺境へ向かって歩いていた。

——さあ、どうしたらいいかしら。彼らはきっとこちらから求めれば助けてくれるわ。

ありかはちょっと一人芝居をしてみることにした。

「困ったなあ……」

ありかは大きな声で独り言を言った。

「青の魔法を習得したいなあ。アジュールのところへいきたいのに、どうすればいいかさっぱりわからないわ！　東の辺境まで歩いていくのは大変だなあ。誰かディアみたいな人いないかしら。誰か助けてくれないかしら！」

すると、道端の茂みからのっそりと水色の水牛が現れた。

「よかったら、私があなたを東の辺境までお連れしましょう」

その水牛の美しい毛並みは、まるで水色のビロードのようだった。

「私の名はマリーン。もしご希望であればあなたを乗せて東の辺境まで参ります」

「わあ、さっそく！　私は望月ありかです！　ねえ、もしかしてさっき私が言った言葉に反応してくれたの？」

マリーンは水色のビロードのような体をしなやかに動かしてありかに向き合った。

「こちらから申し出るわけにはいきませんから」

「どうして？」

「青の国は、受け身の国なのです。こちらから何かを申し出たりはしません。けれども申し出ていただけたらどんなことも受け入れます」

「受け取ってくれたのね」

「そうです。受容します」

マリーンはその水色の背にありかを乗せて東の辺境に向かって軽やかに歩き始めた。

ここ数日、動物の背中に乗ってばかりいる。この国ではマリーンが必要な場所へ連れていってくれるのだろう。ありかは深い信頼感を持ってマリーンの背に体重を預けた。

マリーンは少しずつスピードを上げ、目的地に向かって駆けた。

ほどなく右側に水辺が見えてきた。道はラグーンを右手に見るように、砂浜沿いに続いていた。

「このあと、この道はだんだん細くなり、白い砂の小径になります」

「砂の小径？」

「はい、白い砂でできている細くてもろい道です。足を取られるとあっという間にラグーンの中へ落ちてしまいます」

「そしてラグーンの藻にからめとられるんじゃない？」

「その通り。ですが、藻にからめとられるのは本当のことを言えなかった人たちだけです」

「本当のこと？」

「そうです。本当の言葉にしか力はないのですから」

マリーンはそう言って歩みを進めた。

タラソのプールでクールダウン

しばらく歩いているとありかはマリーンが背に汗をかいていることに気づいた。

「あら、マリーン」

ありかにはここの気候はわりと冷涼に感じられた。

「こんなに涼しいのに汗をかいているわ」

マリーンは言いづらそうに少し口ごもって言った。

「ありかさんの体が、熱いのですよ」

マリーンは顔にまで汗をかいていた。

「私の体？」

「そうです。ありかさんの体は私には熱すぎる。それからありかさんの心も」

「まあ、青の世界では私って熱すぎるの？」

マリーンは歩みを止め、そして少し笑って言った。

「ここでは誰もがクールダウンされていますから。ありかさんもタラソのプールでクールダウンしていきましょう」

「タラソのプール？」

「はい。タラソという人が調合する特製プールです」

マリーンはラグーン沿いの道から外れて左の脇道へと進んだ。ラグーンから離れて林の中へ入っていく。林を通り過ぎると視界が開け、小川が流れている。小川に接するように砂利が敷き詰められており、白い石が積み上げられた塀でぐるりと囲われた一角があった。

「この塀の向こうです」

近づいていくと白い塀はテニスコートほどの大きさの敷地を囲んでいた。同じく白い石でできた建物が塀の中にいくつか見える。

マリーンは少し声を落としてありかにささやいた。

「タラソは、とても無口なのです。こちらからいろいろと質問しなければなりません」

塀に沿って回り込むと白い木製の扉があった。青い紐がぶらさがったベルがある。

「プールを使いたい人はこのベルを鳴らすのです」

チリン、チリン。紐を引くとベルの音が鳴り響いた。しばらくして奥の門が開く音がして一人の男が出てきた。青いオーバーオールを着て、両手にいくつもの瓶を抱えている。

その瓶を見てマリーンが言った。

「すみません、作業中でしたか。今から一人、クールダウンをお願いしたいのですが」

男は顔色を変えずに低い声で答えた。

「作業は終わった。何をクールダウンされたいか」

マリーンが答えた。

「こちらは、青の魔法を習得に来られた人です。この人は赤のエネルギーが少し高いようです」

「初めまして、望月ありかです」

男はあごを触ってありかをじっと見つめた。

「ふむ。私はタラソだ。配合してやろう」

マリーンの背から降りたありかは、歩き出したタラソに続いた。扉を通り抜けて塀の内側へ入ると、四つの柱で支えられた東屋のような白い石造りの建物があった。東屋の正面にターコイズブルーのプールの水面が陽射しに照らされて光っていた。

タラソは東屋を通り抜けてプールに向かった。プールは八畳ほどの大きさだった。水深は一メートル程度だ。タラソは抱えていた瓶をいくつか開けて、液体をプールの中に撒き入れた。水面が少し泡立った。

その様子を見ていたありかを振り返ってタラソは言った。

「赤のエネルギーを下げる配合をした」

ターコイズブルーのプールは優しく波立っていた。

「水着はそこにある。一時間後にベルを鳴らす。それまで浸かっていたらいい」

タラソはそれだけを言うとどこかへいってしまった。

気がつくとマリーンもいない。ありかはしばらく所在なく立っていたが、誰も戻って来ないことがわかると、東屋に用意されていた水着に着替え、タラソのプールに恐る恐る足を入れてみる。まるでゼリーのような、優しく気持ちよく穏やかで、安らぎに満ちている温度と感触だった。

——すごい気持ちいい！　タラソは天才だわ！

ありかは思いきって、じゃぼんとプールに飛び込んだ。

それは至福の感触だった。ゼリーの中に身も心も浮いているようだ。ただ力を抜けば浮いていられることができるプールだった。ほんのわずかにぬるさを感じる程度の快適な温度だ。気にならないほどのさざ波があり、渦のようなうねりも感じられた。水面に顔だけを出して浮いていると冷涼な空気が心地よかった。ありかは目を閉じてタラソのプールの気持ちよさに夢中になった。

——そうだ、調和してみよう。

ありかは覚えたての緑の魔法をここで使ってみようと思った。

——私はこのプールの心地よさと調和します。今はこのプールの一部だけれど、私が全部になっていきます。私はこのプールです……。

ありかは深呼吸をして、自分がプールの成分と調和していくのを感じようとした。

——あれ……?

違和感を覚えた。そしてそれは自分側にあった。

自分のエネルギーが強すぎる感じがする。体がカッカしている。もっとがんばりたい、戦いたい、とにかく七色の魔法を、と気持ちが焦っている。力強いエネルギーだ。レオがもっていたあのワイルドなエネルギーに似ている。

——ああ、赤のエネルギーがちょっと強いのかも……。

赤のエネルギーが全体に対して少し高いということが、プールの成分と調和できない原因となっているのだとありかはわかった。

——このプールが赤のエネルギーをクールダウンしてくれるんだ。

そうわかってからはもう何も考えず、プールの中に全身を伸ばして力を抜いた。自分の中の焦りがだんだん減っていくのがわかった。カッカしていた体が少しずつ冷めていく。

しばらくそうしているとベルの音がした。一時間経ったのだ。

「ああ、気持ちよかった……」

ありかは大きな伸びを一つすると、プールから出て着替えた。

ふかふかのタオルが用意されていたが、ゼリー状のプールから上がったありかの体には水滴一つついていなかった。それでも全身を拭いてセーラー服に着替え、リュックを背負い、スニーカーを履いた。

「だいぶよくなりましたね」

気がつくとすぐ近くにマリーンが来ていて、ありかを見て言った。

「いきましょう。背中に乗ってください。クールダウンすると気持ちがいいでしょう」

ありかを背に乗せながら言う。

「とても気持ちよかったわ！　あれは何？　タラソっていう人の調合がすごいのかしら？　まるでゼリーみたいで……」

「ゼリーのような液体エネルギーのプールなのです。青の国の人たちは自分がクールダウンされていることがとても大切なのです。上がりすぎているエネルギーがあれば、クールダウンして自らを整えるのがこの国の習慣です」

マリーンはラグーン沿いの道へ歩みを進めた。

「この国の人みんなが今のプールに来るのが習慣だったら、ここはすごく混雑しちゃうんじゃない？」

　ありかが思わずそう言うとマリーンが笑った。

「確かにみんながタラソのところに来たら大変ですね。タラソのプールは特別に処置が必要な人しか来ません。それ以外の人たちは、ほら、ここです」

　二人はもと来たラグーン沿いの道に戻っていた。マリーンが視界いっぱいに広がるターコイズブルーの水面を指さした。

「この雄大なラグーンにも同じような作用があります。普段からよく整えられている人たちなら、このラグーンでじゅうぶんクールダウンできます」

　ありかが見渡すと、ラグーンにはまるで波のあるリラクゼーションプールで憩うように、人々がぷかぷかと浮いていた。

「最高の環境ね」

　マリーンもうなずいた。

「ラグーンがあるから私たちはここに住んでいるのです」

「クールダウンはとても大切なのね」

　ありかの言葉にマリーンが大きく振り返った。

「クールダウンがすべてです。カッカしていては理想の感情になれない。冷静であることは、大いなる優しさによく似ているのですよ」

マリーンの言うことがありかにもわかるような気がした。熱い思いはときに自分勝手な性急さを持ち合わせることがある。感情が高まってしまうと、穏やかな心になれないことがある。

ありかは中学のクラスを思った。

——うちのクラスのみんなも、もう少しクールダウンできていたら……。

思い出した生々しい感情に胸の奥が痛んだ。けれどもタラソのプールで身も心もクールダウンしたありかにとっては、いじめられていた事実は前よりも客観視できることとなっていた。それでも学校のことを思い出すと胸がちくんと痛む。思わずうつむくありかを励ますようにマリーンが言った。

「さあ、いきましょう。いよいよここからが白い小径です。とても細く、そしてぬかるんでいます。ここからは私の背から降りて自分の足で歩いてください」

どうしても言いたいことが、一つだけあるはずです

ターコイズブルーのラグーンを右手に、白い砂でできた小径が遠くまで続いていた。

ありかはマリーンからなるべく離れないように足元に気をつけながら歩いた。小径のラグーン側はぬかるみになっていて油断すると足を取られそうだった。

「なんだか怖いわ。ラグーンに落ちちゃいそう」

ありかが言うと、マリーンが答えた。

「くれぐれも気をつけて。慣れている人じゃないと藻にからめとられます」

慎重に歩いているありかにマリーンが立ち止まって話し始めた。

「さあ、クールダウンもできたことですし、青の魔法の習得をしましょう」

ありかが唾を飲み込んだ。

「ああ、いよいよなのね」

「この白い小径で起こることを説明しますね。この小径は言葉の小径です。歩いているといろいろな幻が現れてありかさんに言葉を求めてきます。ありかさんは彼らに言葉を返し

ていくのです。その際、一つだけしてはいけないことがあります」

「してはいけないこと？」

「嘘を言うことです」

「嘘なんて言わないわ」

「本当にできますか？」

「えっ、嘘なんて言わないわよ」

「人は知らず知らずのうちに思ってもいないこと、つまり嘘を言うことがあります。この小径ではそれは通用しないのです。本当の言葉だけを言うのです」

「本当の言葉だけを言うのね」

マリーンが深くうなずいた。

「そうです。それが青の魔法です。本当の言葉を言うとき、声帯はその人のエネルギーと同調して振動し、真の力を放つのです。嘘を言ってもその声は真の力となりません」

「本当の言葉……」

「本当の言葉こそが青の魔法なのです」

マリーンはそう言うと静かに歩み始めた。無言のままに二人は小径を歩いた。しばらくするとブルーグレーの霧が出始め、右側にあるはずのラグーンすらも見えなくなった。

進路をふさぐように立っている人がいる。

「先生！　どうしてこんなところに」

担任の先生が立ったままありかをじっと見つめている。

マリーンが静かに言った。

「ここから、いろいろな人物の幻がこうして現れます。彼らは何も言いません。ありかさんは彼らに心から言いたいことだけを言葉にして伝えてください」

——先生に、心から言いたいこと？

ありかは心をしずめて考えた。

「先生……」

緊張して声がかすれた。

——嘘は言わない。本当のことを言うのよね……。

▼本当
▼嘘

「先生……」

いつもありがとうございます、虹の手紙読まれてちょっと恥ずかしかったです、どの言葉も「本当の言葉」にはならない。

――嘘ではない、本当のことを言わなければ。本当に先生に伝えたいことは何だろう……。さまざまな言葉が思い浮かんだが、どれも本当の言葉ではなかった。

ありかは深呼吸して、言葉が浮かんでくるのを待った。

やがて喉の奥に心から伝えたいと思う言葉が現れた。

「先生……、私、つらい」

――ああ、私、これを言いたかった。

「先生……、私、つらいよ。みんなにいじめられていて、つらいよ」

その言葉のエネルギーが先生に届くやいなや、先生の幻はだんだん薄くなり、やがて消えていった。

「その調子です。ありかさん。よく言えましたね」

マリーンがねぎらった。

「私、今、本当の言葉を言ったかも……」

マリーンが何度もうなずく。

「本当の言葉を言ったときは、本人が一番よくわかります。全身のエネルギーが声となって出ていくことはとても素晴らしいことです。それが本当の言葉ならば、ものすごい魔法となるのです」

「青の魔法……」

「そうです。青の魔法は本当のことを言うことです」

霧が晴れてしばらく二人はラグーン沿いの白い小径を歩いていた。ありかが先を歩き、マリーンが後ろから続く。

また霧が深くなってきて、前方に人物の影が現れた。

今度の幻は、聖子だった。聖子は一度だけありかに近づいてきたことがあった。ありかは分離を選び、それに答えられなかった。

その聖子が今、霧の中に立ってありかをじっと見ている。

――聖子が来てくれた……。聖子に言いたい本当のこと、何だろう。

ありかは自分の心の中で聖子への「本当の言葉」を探した。いくつもの言葉が思い浮かんでは本当じゃないような気がして消えていく。

▼本当
▼嘘

やがて一つの言葉にたどり着いた。

「聖子、あなたと友達になりたい！」

霧の中の聖子は表情を変えずにじっとありかを見つめているままだ。

「合唱の練習で声を掛けてくれたとき、本当はとても嬉しかった。あのときは本当にごめんなさい。クラスのごたごたがめんどうで、分離を選んでしまったの。今ならもう調和を選ぶわ。私、あなたと友達になりたいわ！」

ありかの心の奥に溜まっていた本当の言葉がすらすらと出ていった。

霧の中の聖子はゆっくり薄くなり、そして消えていった。

「ふう……」

ありかは大きなため息をついた。

――「本当の言葉」には力があるんだわ。けれど、こんなにも勇気を使うのね。青の魔法を使うには、赤の魔法の勇気も必要なんだわ。ああ、それに物事を前向きに切り替える陽の魔法オレンジ、自分であるという黄色も、全体と調和する緑も総動員しなくちゃとても本当の言葉なんて言えない。本当の言葉を言うってすごいことなのね。

霧はまた深くなり、新たな人物の影が現れた。

リサだった。

――リサ！　嫌だ！　こんなところにまで。

目の前のリサはいつもの意地悪そうな表情でただこちらを見ている。ありかの足が緊張してすくんだ。

――うう、最悪……。けれど、本当の言葉を言わなければならないんだわ。

自分をいじめる主犯格のリサへ一番言いたいこと。自殺の決心まで追い込んだ張本人の前で一番言いたいことは何だろう。しかし、口がわなわなと震えるばかりだった。

震える唇で、ありかはリサに話しかけた。

「あのね、リサ、あの、こんなこと言いたくないんだけど、私にも感情があってね、リサのやっていることって……。どうかな……。ああやってみんなを支配して、クラスに君臨して……」

　リサの眼光が強くなった。まっすぐありかをにらんでいる。

「あ、ごめんなさい。怒らせるつもりはないの……。友達だから言うんだよ。ほら、私たち、小さい頃からピアノ教室で仲良くしてきたじゃない。私たちは友達だよね？　だから私……」

▽嘘

　そのとき、ありかの右足がずるりとぬかるみにはまった。

　ターコイズブルーの水があっという間にありかの右足を飲み込み、足首に藻がからみついた。藻がすごい力でありかをラグーンに引き込もうとする。

「きゃああ」

　ありかはラグーンに引き込まれ、足首だけでなくふくらはぎや太ももにも藻がからみついてきていた。

「嫌よ、助けて」

砂の小径の上のマリーンは、ただありかを見つめているだけだ。

「きゃあああ」

藻は執拗にありかの体にからみついてきた。

もはやありかは肩までラグーンの水に浸かり、かろうじて首から上だけが水面に出ているだけた。もうだめだと宙を仰いだとき、空に光る雲が見えた。

――あ、そうだ。浮雲！

ありったけの力でありかは叫んだ。

「浮雲ちゃん！　助けて！」

そのとき、空に光る雲の一部が虹色にきらめいたかと思うと、ちぎれて小さい雲となり高速でありかのほうへ飛んできた。

「ありかさん、大丈夫？」

「浮雲ちゃん、助けて！」

浮雲は自分の身を水面ぎりぎりまで移動させ、ありかがつかまれるようにした。

「あたしにつかまってください。浮き輪だと思ってつかまって」

ありかは浮雲に手を伸ばした。触ることができ、浮き輪のように水に浮いていた。ありかはなんとか浮雲につかまった。

「動けない……」

弱々しくすがるありかに、浮雲は虹色にきらめきながら横に震えた。首を左右に振っているようだ。

「これ以上はできません。ここからはありかさんがやるのです」

「どうすればいいの……」

浮雲につかまるありかの手がしびれてきた。藻はすでにありかの全身に強くからみついていた。

「このままではラグーンの藻屑になってしまいます。他の挑戦者たちみたいに永遠にラグーンで曖昧の遊泳をしたいんですか?」

「そんなの嫌よ!」

思わず叫ぶありかに浮雲がさらに言う。

「ありかさんがさっき言った言葉は、どれも本当の言葉じゃない。嘘です。嘘の言葉は、力を持ちません」

浮雲の虹色がより鮮やかになった。浮雲こそが今、全身全霊で本当の言葉を使って話していることがありかにはわかった。

「ありかさん、本当の言葉を話すのです」

「本当の言葉……」

「リサさんに、どうしても言いたいことが一つだけあるはずです」

「どうしても言いたいこと……」

▼本当
▼嘘

ありかは深呼吸した。今やあごの辺りまで浸かっているラグーンの力を借りようと思った。今こそ自分をクールダウンしようとした。

――リサにどうしても言いたいこと。本当の言葉で……、伝えたいこと……。

▽本当

ありかの喉の奥に新たなエネルギーが現れた。それはシンプルで清らかな真の一言だった。これしかない、とありかは思った。

すう、と息を吸ってありかはありったけの力を振り絞って口だけをなんとかラグーンの水面に出し、かすれる声で言葉を発した。

「リサ、私をいじめるのをやめて」

これだけが一番言いたいことだった。この言葉にはただ本心だけがあった。その声が波動を伴ってリサに到達し、リサはゆっくり消えていった。

——言えたわ……。

全身から力が抜けていく。

——ああ、私、これを言いたかった。言いたかったけど、ずっと逃げていた。言えなかった。本心を言葉にするって、こんなに力を使うことなんだわ。

ありかの全身にからみついていた藻がするすると取れていった。自由になったありかの体がラグーンに沈み始めた。すると大きな波が来て、ありかの体を陸地へ運んだ。波は白い小径へありかを置いて引いていった。

ありかはしばらく小径に打ち伏していたが、ふらふらと立ち上がった。マリーンが穏やかな表情で待っていた。

——ああ、危機一髪だった……。浮雲ちゃんが助けてくれた……。

ラグーンのほうを振り返ると浮雲の姿はもうどこにも見えなかった。上空の雲のはじっこがきらりと虹色に光ったような気がした。

「マリーン……」

ありかは呼吸を乱しながら言った。

「私、もっと早くに今の言葉をリサに言えばよかったんだわ。もう長いこと、逃げたりごまかしたりしていたけれど、たとえ叶わなくても、言葉にするべきだったのね」

マリーンは優しく微笑んだ。

「これが青の魔法です。本当の言葉にしか真の力はないのです」

ありかは静かにうなずくと、マリーンの背に再び乗った。

二人は東の辺境に向かって移動を始めた。白い小径はまだ続いていた。霧は晴れて青空が広がっていた。すっかり放心状態となり、何時間も無言のままだった。その無言がとても心地よく、ありかはぼんやりとした快適さの中にあった。

そこに立っているのは、包容そのものだった

高き空の抱擁よ
広き海の開放よ
清らかなる静けさで
青はすべて包み込む
水あさぎの波しぶき
水かがみに映る鳥
雲居の空つきぬけて
青はすべて包み込む
真実たる美しき
本心なる言の葉を
博愛にて受け入れし
青はすべて包み込む

青はすべて包み込む

美しい歌声が風に乗って聞こえてきた。

「もうすぐ東の辺境に着きますよ」

マリーンが何時間かぶりに声を発した。ぼんやりした状態から優しく起こされたように、ありかは気持ちよく歌声を味わっていた。

「本当に美しいメロディ。それにこの声はなんて美しいのかしら」

女性のソプラノの独唱だった。

「アジュールの声です」

「まあ、ついにアジュールの声が聞こえるところまで来たのね。なんて清らかで、優しくて、気持ちのよい声！」

「アジュールの声は、この世で一番美しいのです。声は波動です。タラソのプールと同じように、アジュールの声を聴くだけで身も心も整うのですよ」

アジュールの独唱が風に乗って聞こえてくるのは天国にいるかのように気持ちよく、自分の心や体が澄んでいくようだった。

「なんて素敵……」

ありかは、すでに女神アジュールの愛に抱かれているのを感じた。

「では、アジュールに会いにいきましょう」

「わあ、緊張するわ！」

遠くに霞んで見えていた岩山はもう目の前だった。この岩山の頂上にアジュールは住んでいる。頂上からラグーンを見下ろして歌っている。

「よくつかまってください。岩山を登ります」

マリーンは、翼が生えたペガサスのように、軽やかに岩山の側面を登った。まるで飛んでいるようだった。あっという間にラグーンの全容が眼下に見える高さまで来た。

岩山の頂上には白い古城があった。二人の到達と同時に古城の正面の白い門がゆっくりと開いた。門の中にはさらに上に続く階段があった。

「着きました。ここがアジュールの住むお城です」

絵本に出てくるような白い古城を目の前にしてありかははしゃいだ。

「お姫様の住むお城みたいね！」

マリーンも嬉しそうに微笑んで言った。

「さあ、ここからは一人でいってください」

マリーンに背中を押されて、ありかは門を入っていった。古城の中に入るとアジュールの声はますます近くに聞こえた。声のするほうへ階段を上っていく。古城全体にその声が響き、古城そのものが歌っているようだ。その響きは体にまで染み入り、アジュールの歌に包まれているような感覚だった。

階段を昇りきると、そこはラグーンを見下ろす屋上のテラスだった。

聖母マリアのようなスカイブルーのドレスを着た長い髪の女性が立っていた。

ありかは、体が震えるような気がした。そこに立っているのは、包容そのものだった。

女性は両手をありかに向かって広げ、穏やかな微笑を浮かべていた。

ありかと女性はしばらくの間向かい合っていた。

「私はアジュール。あなたはプレイスね。ついにいらしたのね」

アジュールは泣き出しそうな表情で愛おしそうにありかを見つめた。

「ずっと待っていたわ。あなたなら、ここまで来られると信じていました。私はあなたを受け入れます。私はあなたを包みます」

ありかは、ただアジュールの母性に包み込まれていた。ありかも青い国の住人のように、ただ静かにアジュールを包み返していた。

「プレイス……。愛しい子よ。あなたは、青の魔法を手に入れたというのに、悲しい目をしている……」

幼子が母親に甘えるように、ありかの口から自然に言葉が出た。

「私……、ずっといじめられていて辛かった……」

「まあ……」

共に痛みを感じるアジュールの瞳に見つめられて、ありかは本当のことを打ち明けた。

「私……、もう死のうと思っているんです」

アジュールの瞳に強さが宿った。

「あなたは命を絶ってはいけません……」

アジュールの声は、どの音も祝福に満ちていた。とてもシンプルで、まっすぐで、本当の心だけが伝わってきた。

「プレイス……。宝のありか……。あなたの真意ではありません。あなたは、すべてを受け入れなくてはいけません」

こんなにも優しい説教があるのかとありかは思った。ただ素直に頭を垂れた。

「人生に起きることをすべて受け入れるのです……。被害者になるということではありません。起きることをすべて包み込むのです。あなたは、包む側になるのです……」

アジュールは、一歩ずつありかに歩み寄り、そのスカイブルーの柔らかいドレスの袖を大きく広げてありかを抱きしめた。

「包み込むのです。クールダウンして、自らを整え、本当の言葉だけを話していればそれができます。それが青の魔法の真意なのです……。あなたを傷つける人も、あなたにとって苦しい出来事も、あなたはすべて包み込みなさい……」

今ありかは、アジュールが自分をまるごと包み込んでいることがわかった。ありかの欠点も、ありかの不安も、まるごとアジュールがただ包み込んでくれていた。

――包み込む……。

ありかは全身の力を抜いて、今、アジュールを、ラグーンを、マリーンを、青の国を、先生を、聖子を、リサを、パパとママを、いじめられていたことを、死のうとしている自分を、すべての存在をまるごと包み込んでいた。

自分が地球をまるごと抱く大空のようになったように感じた。

「歌いましょう!」

アジュールが歌い始めた。ありかも共に歌った。

高き空の抱擁よ
広き海の開放よ
清らかなる静けさで
青はすべて包み込む
水あさぎの波しぶき
水かがみに映る鳥
雲居の空つきぬけて
青はすべて包み込む
真実たる美しき
本心なる言の葉を
博愛にて受け入れし
青はすべて包み込む
青はすべて包み込む

声が青空に溶けていく。アジュールとありかの声が融合していく。

「この歌詞に、すべて青の魔法を込めました」

アジュールがありかの背に優しく手を当てて言う。

「ラグーンに浸かることができないときでも、この歌を歌うといつでも整えられます。どうぞ覚えていてください、この歌を」

ありかは、アジュールの言葉にしっかりとうなずいた。自分が包む側になれたことがとても嬉しかった。ありかは、アジュールに本当の言葉を言おうと思った。どんなに探しても一言しか見つからなかった。

「ありがとう」

アジュールは、光そのもののように優しく微笑み、スカイブルーのドレスの裾を優雅にひるがえしてテラスから階段を下りていった。

ありかは、うっとりとその後ろ姿を見送っていた。

「お嬢様！　おめでとうございます！」

上空からケツァルが勢いよく羽ばたいてきて、ありかははっと我に返った。

「ケツァル！」

ありかは、改めてケツァルを見つめる。

広げると三メートルもある翼をもつ大きなケツァル。

最初見たときはその大きさが怖かったけれど、今はただそういう体を持ち、役割を持つケツァルの存在そのものを包み込む気持ちになっていた。

ケツァルにも、本当の言葉を言おうと思う。ありかは自分の中にケツァルへの本当の言葉を探した。やはり一つしかなかった。

「ありがとう」

心から発せられたその言葉には、本当の言葉であるがゆえの真の力が宿っていた。

ケツァルはその力を感じて、ありかが青の魔法を手にしたことを確認した。

「さすがです。お嬢様。女神のようになられましたね」

「まあ、大げさね」

「そしてまた美しくおなりです。表情が穏やかで、最初とはまるで別人です」

「まあ、本当なの?」

「はい。なぜなら、私も青の魔法を使えますから、本当の言葉を話しているのです」

本当の言葉を話すもの同士で会話することは、なんて美しく、そして楽しいのだろうとありかは思った。

「では参りましょう」

「ええ、藍色の国へ！」

「お嬢様、藍色の国では超能力者になれますよ」

「えっ、超能力？」

「さようです。ちょっと危険な国ですが参りましょう」

「えっ」

ケツァルは、ありかを背に乗せると、古城のテラスから上空へ勢いよく飛び立った。

眼下にきらめくラグーンが見えた。

「さようなら、さようなら、青の国」

ラグーンの岸辺でマリーンがこちらを見上げているのが見える。

ありかは、マリーンにありったけの声を振り絞って本当の言葉を叫んだ。

「マリーン！　ありがとう！」

マリーンの水色の姿は、点のように小さくなっていった。

第六章　藍色の魔法

岩はすぐには答えなかった

海の上をずっと飛んでいくと、高くそそり立つ断崖絶壁に突き当たった。ケツァルはほぼ垂直のその崖に沿って上昇した。息が苦しくなるほど急速に上に向かって飛行していく。

「こんな高い崖見たことがないわ！　この上に藍色の国があるの？」

ケツァルは音もたてず上昇しながら言った。

「この上とこの下に藍色の国はございます」

「上と下？」

「さようです、お嬢様。藍色の国は、星空と深海の二つから成り立っているのです。まずは星空の街へいきましょう」

「わあ、星空大好き！」

その崖はまだまだ続いた。ケツァルは崖沿いに上昇を続ける。果てしないと思われるほど長い飛行を経てようやく崖は途切れ、頂上に着いた。

「着きましたよ」

雲に届きそうなほどに高い岩山の上に平らな大地があり、そこに街が形成されていた。空は満天の星が満ちていて、星の明かりが辺りを照らしていた。

「ねえ、ここは夜なの？」

ありかの問いにケツァルは首を振った。

「お嬢様。ここはいつでも星空が広がっている世界なのです。昼も夜もありません」

ケツァルの言葉にありかが驚いて言った。

「いつでも星空が広がる世界？　不思議。違う世界に来たみたい」

「さようです。これまで訪ねたどの色の国も、ありかさんが元いた世界とは違う世界なのですよ」

——そうだった。今、私は夢の中の夢にいるんだったわ……。

ありかは神妙な顔になって黙り込んだ。

岩だらけの街だった。岩山をくりぬいて住居にしているようだ。色彩はほとんどない。よく見るとほの暗い街のあちらこちらに藍色の着衣に身を包んだ人々の姿が見えた。ある者は、うずくまっていた。またある者は、手を合わせて星空を眺めていた。

「あの人たちは何をしているのかしら」

ありかの問いにケツァルが静かに答えた。

「お嬢様、じきにわかりますよ」

「お祈りかしら？　瞑想にも見える。みんな静かだわ」

ケツァルはゆっくりと着地するとありかを降ろした。

「では、さらなる魔法の習得へいってらっしゃいませ。ここでの学びが終わる頃にお迎えにあがります」

ケツァルは崖の向こうへ飛び立つとあっという間に去っていった。

星空の街にありかは一人残された。

――ここで、藍色の魔法を学ぶんだわ。

ありかは星空を眺めている男性に声をかけた。紺色の布を体に巻いている。

「こんにちは」

その紺色の男性は、星空からありかに視線を移し、じっとありかの顔を見つめた。

「あの、こちらで藍色の魔法を学びたいのですが」

話しかけてもその紺色の男性は無言のままだ。そしてその視線はとても不思議なものだった。ありかの顔を見ているようで、実際にはありかの眉間の辺りを見つめていた。自分という人間の奥底を直接見られているような感覚だった。

ありかは思わず緊張した。

「あ、あの……」

その紺色の男性は心得たようにうなずいた。

「魔法を……、学びに来たというのは本当のようですね」

「ええ！　私は青の魔法も習得しましたから、嘘なんてつかないわ！」

「確かに、本当のことだと感覚的にわかります」

「感覚的に？」

「そうです。ここは感じる国ですから」

「感じる国……？」

その男性は紺色の着衣に隠していた両手を出して、冷えたありかの手をつかんだ。ありかの手から何かを感じ取るかのように時間をかけて握手をした。

「あなたにもきっと感じる力があります。多少さびついているようだけれど、ここで感覚を磨いていってください。私たちはフィールという一族です。よろしくお願いします」

辺りにいて瞑想していた他のフィールたちもその会話を聞いていっせいにありかのほう

を見た。静かで奥深い視線だ。フィールたちは、ありかという人間の肉体ではなく存在そのものを見ているようだった。

——なんだか怖いわ。

フィールたちに強く見つめられてありかは身震いした。

「あの……、どなたか……、藍色の魔法を学ぶために導いてくださいませんか……」

ここでも、スチュやマリーンのような案内人に出会えるかとありかは恐る恐るフィールたちに聞いてみた。しかし彼らは何も答えない。

沈黙に耐えきれずありかが聞いた。

「あの……、どうすれば」

フィールの一人が言った。

「感じるんだ」

さらに一人が言った。

「受け取るんだ」

「感じる？　受け取る？　何から？」

ありかが問い返す。

「石から」

「そして深海からだ」

「この子はきっと深海にもいくことになるだろう」

フィールたちは口々に謎めいたことを言った。そして無言になり、それぞれの瞑想世界に戻っていってしまった。握手をした紺色のフィールも踵を返して立ち去っていった。ぐるりと周りを見てもこちらを見ているフィールはもういない。これ以上ここでフィールたちから何かを聞くことはできないようだ。

ありかは、あきらめて歩き始めた。

星に照らされた星空の街。ごつごつした岩場が続く。寡黙に瞑想するフィールたちの他に生き物は見当たらない。この街は、家も道路もすべてが石でできていた。

――植物はないのかしら。どこか遠くの星にでも来たかのようだわ。

静かすぎて耳の奥がキーンとした。

ありかは歩き続けた。どこかにヒントがあるかもしれない、とにかく歩いてみようと思い、岩だらけの星空の街を歩き続ける。平地に大小多数の岩石が点在していて、オブジェのように立ち並んでいた。どの岩も灰色や黒、白などのモノトーンの世界だった。耳の奥のキーンとした音がどんどん強くなる。

——耳鳴りかな。

ありかはしだいに強くなる音に顔をしかめた。

キィイイイン……、キ、キ、キィイイイイ。

——これ、本当に耳鳴り？　どこからか聞こえてきているのかな。

ありかが周りを見回すと、こちらを見ている岩があった。岩に目がついていないのに、「見ている」のがわかる。暗い灰色の一メートル四方くらいある岩だ。

ありかはその岩に近づいていって話しかけてみた。

「どうして私を見ているの？」

岩はすぐには答えなかった。

ありかの耳のキーンという音はどんどん強くなっていく。ありかは耳に手をあてた。

「痛いわ。あなたなの？」

思わず声に出して岩に話しかける。キーンという音は脳天にじんわり広がるような不思議なしびれを伴って大きくなった。

「痛い、痛い」

頭痛のような強いしびれにありかは頭を抱える。そして最初の痛みが去ると、耳鳴りはメッセージに代わった。

「キィィィィ。キィィィィン。た……び……の……ひ……と……」

――これは、言葉だわ！　岩がしゃべっている！

「キィィィイ。キィィィィン。ま……、ほ……、う……」

岩の言葉はひどくゆっくりだった。ありかは全身の神経を岩の言葉に集中させて聞いた。

「そうです！　魔法を学びに来たの！」

「キィィィィィ。もっ……と……ゆっ……く……り……」

岩は早口が苦手なのだとありかは思った。

「魔法を、学びに、来ました……」

言葉を区切って、一つの音を伸ばすようにゆっくり話してみた。

「まほう……、ま……ほう……、藍色……の……」

「そうです、藍色の、魔法。どうすれば、習得、できますか」

岩はまた無言になった。

数分の時間が流れた。やがて岩がまたメッセージを送ってきた。

「すべ……ては……、声を……発して……いる……」

「すべては声を発している？」

「そう……」

岩はさらに数分間黙り込んだ。

焦ってはいけない。岩が最後まで語り終わるまで聞いていようと思った。

もう待ちきれないと思ったとき、また岩がメッセージを送ってきた。

「受け……取る……のだ……、聞く……の……だ……」

「受け取る、聞く？　どうやって？」

「感じる……だけ……」

「感じるのが、魔法なの？」

「そう……だけれど……、キイイ……、耳を……澄ます……、キイイ……、キイイイイイン……には……、ノイ……ズ……」

「えっ？　なあに？　ノイズ？」

「そう……、頭の……中の……、おしゃ……べり……を、キイイ……、やめ……るん……だ……、ノイズを……、キイイイイン……、消せ……、キイイイイイイイイイイ」

耳鳴りのような音が強くなって、もう岩の言葉は聞き取れなくなった。

「ねえ、その先は?」

ありかは岩の言葉が再開するのを待った。しかし数十分が経過しても岩はもう何も話さなかった。他の色のときと違って、藍色の魔法の情報はあまりにも少なかった。

——でも、ヒントは得られたわ。

ありかは岩から教えてもらったことを反すうした。

——すべては声を発している。受け取る。聞く。感じる。感じるためには、頭の中のおしゃべりをやめてノイズを消す……?

情報が少ないゆえにありかは少し混乱した。いつもならスチュやマリーンのような存在が自分をエスコートしてくれていたが、ここ藍色の国はどうやらそうではないようだ。

——すべては声を発している? 何も聞こえないじゃないの。

ありかは耳を澄ましてみた。ささやかな音はある。フィールたちが歩く衣擦れの音。そよ風の吹く音。静寂の藍色の国にも、耳を澄ませば何かしらの音はしている。

キイイイイン、キイイイイン。音にならないほどの周波数がうっすら聞こえる。

——この金属みたいな音のことかしら。

ありかは必死で精神を統一し、耳を澄ます。

キィイイィン、キィイイイン。

――だめだわ、耳鳴りみたいなのしか聞こえない。ああ、どうしたらいいの！　せっかく赤から青まで習得したというのにここでくじけるなんて嫌だわ！　どうしてフィールたちはみんな瞑想ばかりして知らないふりをしているんだろう。せっかくケツァルがあんなにがんばって断崖絶壁を登ってくれてここにたどり着いたというのに。あっ、待って……。

ありかは突然思考をストップした。

――これのこと？　頭の中のおしゃべりって。

頭の中でいろいろなことを考えるのはほぼ自動的に無意識でやっていたので気づかなかったが、先ほどからありかの頭の中はずっと考え事を続けていた。

――これをやめるの？

キィイイイィン、キィイイイイン。

金属音が強くなった。

――よし、思考をやめてみよう。ノイズって、この考え事のことかも。

周りを見ると、そこかしこに藍色の着衣をまとったフィールたちがいて、それぞれが瞑想に耽っている。ありかは自分もフィールたちの真似をしてみようと思った。座るのに適当な石を見つけて腰かけ、目を閉じた。

——さあ、考え事をするのをやめよう。頭の中をゼロにしよう。ってこれがすでに考え事なのよね。考え事をやめる。ゼロ、ゼロ、ゼロ……。

集中しようとするが、思考の切れ端が思い浮かんでくる。

——なかなか集中できないなあ。

そよ風が少し強くなってきた。遠くから鳥の声が聞こえる。

——フィールだけかと思ったら、鳥もいるんだ。

誰かが近くを通り過ぎていった。

——ああ、フィールが歩いているんだ。もう、気が散るなあ。

考え事をやめるのは、なんて難しいんだろうとありかは思う。

「あ～あ」

大きなため息をついて、目を開ける。先ほどと変わらない光景があった。

「どうすればいいの……」

途方にくれてありかは独り言を言った。

キィイイイ、キィイイイイン。

金属音がまた聞こえた。風の音なのか、岩と岩がひしめき合っている音なのか。ありかはせめてその金属音をよく聞いてみようと耳を澄ましてみた。

キィイイイ、キィイイイイン。相変わらず金属音しか聞こえない。

ありかはもう少しフィールたちがいない静かなところへいってみようと思った。岩がごつごつした平地はずっと続いている。明るい星空が辺りを照らしている。ありかは星明かりを頼りに岩の合間を通り抜けてしばらく歩いてみた。

――どっちにいけばいいんだろう。

立ち止まり、目を閉じて、ただ風だけを感じてみる。左の奥のほうから、ささやかな音がした。何かが地を這っているような微細な音だ。

――あの音のほうへいってみよう。

ありかはその小さい音を頼りに歩みを進めた。

すべては声を発している

大きな岩が増えてきた。岩場は湿気を含んでいてところどころが水たまりになっている。

シュルシュルシュルシュル。

——何っ？

そこへ長いものがすごい勢いでやってきた。

銀色に光る蛇だった。体長二メートルはある。

「きゃあ！　ヘビ！」

ありかはびっくりして叫んだ。

「ぼくの姿を見て驚くようでは魔法の習得は大変ですよ」

蛇はあきれたようにありかに言った。

「だっていきなり大きなヘビが出てくるんだもの！　怖い！　嫌よ！」

蛇は少しふてくされた。

「そんなに嫌がられるなんて心外だな。ぼくはディープといいます。せっかくあなたを助けに来たというのに」

「ごめんなさい、ディープ。驚いてしまって。私を助けに来てくれたの？」

ディープは少し機嫌を直したように首をもたげて説明を始めた。

「あの岩があんなにヒントを出していたのに、あなたの頭の中はノイズだらけだ」

「まあ、そんなことまでわかるの？」

「わかりますよ。感じるんです。ぼくは、全身で人のエネルギーを感じることができる」

「藍色の国に住んでいる蛇だけあるわね。じゃあ、ディープ教えて。藍色の魔法を習得したいの。ここでは他の色の国のように誰かが親切に教えてくれるわけじゃないのよ」

「岩が教えたじゃないですか」

「ほんの少ししか教えてくれなかったわ！　しかもあんなにゆっくり、少ない言葉で」

ディープが少しため息をついた。

「言葉の量があればいいというものではないですよ。この国では誰もが寡黙です。真に本質的なことは、ああやって岩が教えてくれます。誰もが岩に大切なことを教わって生きているのです。口調も話すスピードもあれが最適なのです。他の国の人たちは誰もが早口すぎる。そしてくだらないノイズのような思考の切れ端に埋もれているんだ」

ディープの口調やスピードは、フィールや岩たちよりもずっと早いものだった。

「でもディープの話し方は普通ね」

「ぼくは、その人に合わせることができる。その人のノイズをもらわずにね」

ディープは少し得意そうにそう言った。

「それはすごいわね。それで、私どうしたらいいの？」

「ああ、なんてせっかちなんだ。これだから藍色の魔法を使えない人としゃべるのはノイジーだ。もっと少ない言葉で本質的なことだけを話してくれないか？　頭の中にあることを全部口に出しているんじゃないだろうね？　頭の中にノイズがありすぎなんだよ」

ディープが言っていることは岩よりも具体的だった。

「なるほど、そう言ってくれたらよくわかるわ。でもね、さっきから瞑想をしようとしているんだけれど、雑念が浮かんできて集中できないの。頭の中をゼロにできないのよ。ねえ助けて、ディープ。私、藍色の魔法をどうすれば習得できるかしら」

ディープはあきれてありかを見つめた。

「藍色の魔法は感じることだ。けれどあなたはノイズだらけだ。頭の中が混雑している。誰もあなたを助けることはできない。いや、本当はもう手は差し伸べられているんだ。すべては声を発している。それを聞く耳をもつかどうかだけなんだよ」

「すべては声を発している……」

「もうこれ以上は言っちゃダメなんだ。あとはノーヒントだよ。あなたには少ししゃべりすぎてしまった。なんというか、その、最初はぼくの姿を見て驚いていたけれど、それも一瞬で、そのあとは友達みたいに普通に話してくれたのが、ぼくは嬉しかったんだ。だから、その……」

ありかはディープのことをとても愛おしくなった。

「まあ！　そうだったの！　どうもありがとう。ディープが困るならもうヒントはもらわないわ。私一人でがんばってみる。さっきは驚いちゃってごめんなさいね。よく見ると、ディープのそのスマートな銀色の体、とっても素敵よ！」

恥ずかしそうにしているディープを勇気づけたいとありかは思った。

ディープは、容姿をほめられて心底驚いた。

「ほ、ほんとうかい？　ぼくは、今、自分の姿を生まれて初めてほめられた……」

「まあ、そうなの。それはかわいそうに。何度だって言ってあげるわ！　スマートなところが素敵！　銀色に輝くところがとっても素敵よ！」

ディープは、しばらく無言だったが静かに話し始めた。

「あなたのような女の子がもっと増えたらいいのに。とてもユニークだ。あなたにほめられて喜ぶ人は、世界にきっとたくさんいるはずだ。その素直でピュアなハートは、めったに見られない宝物だ。あなたは、この世の宝のありかなんだね」

「宝のありかって、この旅に出てから言われるけれど、私よくわかんないわ」

「あなたは、優しすぎて頭の中が混雑しているだけなんだ。じっと静かに何も考えないでいてごらん。きっと心の奥の無の領域まで下りていくことができる。眉間に集中するとやりやすいんだ。どこかの岩に座って夜空でも見ながらね。座るのは、そうだなあ……。ここをまっすぐいった突き当たりにある三角の岩の裏にある楕円の岩はどうかな」

「まあ！　ノーヒントだって言ったじゃないの！」

ありかは、思わず笑い転げた。

「あなたがあまりにユニークで例外を作ってしまったよ！」

ディープは、そう言うと慌てたようにシュルシュルと方向を変え、あっという間にいなくなった。

「ディープ、ありがとう……」

ありかはしばらくの間、ディープがいなくなったほうをぼんやり見つめていたが、ふと我に返ると教えられた楕円の岩を見つけに歩きだした。

——ええと、ここをまっすぐ突き当たり。三角の岩の裏に、楕円の岩……。

岩石がごろごろと点在する平地をまっすぐ歩いていった。

しばらくすると突き当たりと思われる岩の壁に着いた。岩の壁の手前に確かに三角形の大きな岩がある。ありかはその三角形の岩の裏に回り込んだ。三角形の岩の裏は、岩の壁と三角形の岩に囲まれた空間となっていて、空間の真ん中に平たいテーブルのような形の楕円状の岩があった。座って瞑想するのにとても具合の良さそうな場だ。

——ディープ！　あったわよ！

ありかは楕円の岩の上に座り込んだ。座ると周りは岩に囲まれて外部から遮断され、上には星空が広がっていた。ここなら隠れ家のようで瞑想に集中できそうだ。

ただ星空を見て、風の音を聞く。星は満天に輝いていた。ものすごい量の降るような星だった。ちかちかと瞬いて宝石の川のようだった。

——何も考えない……。

ただただ星空を見上げ、ありかはその楕円の岩の上でぼんやりとしていた。

キイイイイイン、キイイイイイン。金属音が聞こえてきた。

キイイイイイン、キイイイイイン。音は、ありかの下から聞こえてきていた。

ありかの座っている楕円の岩が音を発していた。金属音はしだいに変化した。

――すべては声を発している。眉間に集中して、思考をゼロにするの……。

ありかは目を閉じて金属音に集中した。

キイイイイイン、キイイイイイン。音が強くなってきた。

「キイイイ、お……まえ……は……、キイイイイ」

言葉が聞き取れる。

「キイイイ、まだ……空っぽじゃ……ない、まだ……ノイズ……だらけだ……」

自分が座っている楕円の岩が言葉を発している。気持ちが焦るが、落ち着いて最後まで
聞こうとありかは思った。

「キイイイ、心の……、海の……、底へ……、いけ……」

ありかは目を閉じたまま言った。

「どうすれば、心の海の底へいけますか？」

岩はきしきしと揺れた。揺れは数分間続き、楕円の岩が一言言った。

「キイイイ、キイイイ、風に……、キイイイイイ、聞け……」

――風に聞け、か。

集中して、風の声を聞く。耳を傾けていると、風が少し強くなってきた。

風たちが頬を撫でるのを感じた。風に意識を向けると風の存在感が増した。風たちは何百と存在し、それぞれにキャラクターがあるのがわかった。人なつっこい風があり、クールな風があり、穏やかな風があった。

その中の内気な風がとても遠慮がちにありかの頬を撫でた。

「遠慮しなくていいのよ」

ありかは、つい口に出して内気な風に話しかけた。内気な風は、驚いたように回転し始め、小さな竜巻になった。くるくると回りながらどうしていいかわからないようだ。

ひゅう、ひゅう。

内気な風は話しかけられたことが嬉しくて、くるくると小さく回った。

「かわいい風さん。私ね、浮雲さんっていう雲と話したこともあるのよ。あなたの声を聞きたいわ」

ひゅう、ひゅう。

内気な凪は、しばらく回り続けていたが、やがてささやくような小声で言った。

「私は追い凪。いくべきところへお連れします」

「まあ、追い凪さん。私をどこかへ連れていってくれるの？」

「そうです。お連れします」

「ねえ、心の海の底へいけと楕円の岩に言われたわ」

ひゅううううう、ひゅううううう。

「心の海の底には、無の領域があります。そこまで下りていけば、感じる魔法が習得できるんです」

内気な凪が小声で言った。

「お連れしましょうか」

「海へ？」

「そうです。心の海の底があなたのいくべきところです」

「海の底……。怖いわ。溺れないかしら」

「心の海はあなたの心を表しています。海水ではないのです」

「海に潜るの？」

「そうです。海面はあなたの心の表面。深海はあなたの心の奥底です」

「帰って来れるかしら」

「無の領域の海底までいけたら帰ってこられます」

「いけなかったら？」

「心の海の中で一生あぶくを吐いて暮らします」

「まあ！　そんなの嫌だわ！」

「どうしますか？」

「心の海の底へいかなければ感じる魔法は習得できないの？」

「あなたはまだノイズだらけで感じることはできません。感じるようになるために、心の海の表面のノイズの層を抜けて、深海の無の領域までいくのです」

ありかは少し迷った。海の底に潜るなんて恐ろしいことのような気がする。

内気な風はありかの答えを待つように、ただくるくると回っていた。

「リュックは背負ったままでいいの？　このセーラー服のままでいいのかしら」

ありかが聞くと、内気な風はうなずくように上下に動いた。

「海水に見えますが、水ではありません。そのまま深い海の底まで沈んでいって大丈夫です。ダイビングだと思って楽しんでください」

とても楽しめるような気はしなかったが、水ではないと聞いて覚悟が決まった。

「わかったわ。連れていって」

ありかが言うと、内気な風の回転がどんどん強くなっていった。吹き飛ばされてしまいそうなほどの強い竜巻になっていく。

「ちょっと、やめて！　危ないじゃない！」

内気な風は辺りの岩を揺らすほど回転の強い竜巻になっていった。やがてありかの体がふわりと浮き上がり、内気な風に巻き込まれた。あまりの恐怖にありかは声が出なかった。

ありかの体は内気な風によって、あっという間に断崖絶壁のほうへ連れていかれた。ケツァルが長い時間をかけて登った崖の下は、荒れ狂う藍色の海だった。

「きゃあ……」

怯えて叫ぶありかに、内気な風が言った。

「幸運を祈ります」

そして内気な風がありかの背中を押し、ありかの体は崖から深い海へ落ちていった。長い落下の途中で、ありかは気を失った。

心の海の底へ

次に目が覚めると、ありかは海の中を漂っていた。

――あれ、私、浮いている……。

内気な風が言う通り、見た目は海中だが実際は水の中ではなかった。空気があって呼吸ができる。そしてありかの体は水中にいるように浮いていた。周りの光景は海中そのものだった。海面から陽射しが降り注いでいて、海の中を照らしていた。魚たちの群れが遠くを横切っていった。

――本当の海の中みたい……。

ありかはふわふわと浮かびながら、海の底を見た。藍色の闇が広がっていた。

――下のほうは真っ暗だわ。あの暗いところに下りていくのは怖い……。そうだ、確か……。

ありかは浮きながら背負っていたリュックを外し、手探りで懐中電灯を出した。学校の裏の森を歩くために入れておいたのだ。

——こんなところで役立つなんて。ちゃんと点きますように。

スイッチを入れると光が点いた。懐中電灯はクリップ式なので、リュックの紐にくくりつけた。

——これでよし。海底まで潜っても光があるわ。

ありかは呼吸を整えた。

内気な風の言葉が耳に残っていた。

「無の領域の海底までいけたら帰って来られます」

——無の領域の海底ってよくわからないけど、とにかく目指そう！

ありかはふわふわと浮く体の向きを変えて、海底に向けて両手を伸ばして心の海を下りていった。

——この海が私の心の中？

海面から降り注ぐ光で、海中の光景が見えている。

小さい魚の群れがあちらこちらにあった。美しい色とりどりの魚たちが泳ぐさまは、にぎやかだった。

「海面はあなたの心の表面。深海はあなたの心の奥底です」

——内気な風さんの言う通りなら、この辺は私の心の表面ということ？

小さい魚の群れがこちらへやってきた。ありかを取り囲むように何十匹もの魚が寄ってくる。その魚たちが口々に声を発した。

「先生に相談すればよかったかな」

「男子たち、なんであんなにしつこいの」

「聖子と友達になりたいな」

「パパとママ、心配していなければいいけど」

「虹の魔法、うまく習得できるかしら」

「この海は、水じゃなくて空気なのに泳げるなんて不思議」

魚たちの発している言葉を聞いてありかは驚いた。

——これは全部、私が考えていることだわ！

そこはありかの心が具現化した海だった。海面近くに住む魚たちが言う言葉は、ありかの心の表面に存在する気持ちだった。魚たちは次から次へといろいろな言葉を発し続けた。

——これが私の心の表面……。私ってこんなにたくさんのことを考えていたの？　どうりでここで出会うみんなが「ノイズだらけだ」って言うわけだわ！

見回すと遠くからも大量の魚がこちらへ向かってくる。ありかはその尋常じゃない量に恐怖を感じた。そしてその言葉を聞いているうちにありかの頭の中にもたくさんの考え事が浮かび始めた。

――私、先生に相談すればよかったのかしら。そうそう、男子があんなにしつこいのはとても嫌だった。そうだ、聖子にもっと近づけばよかったんだ。パパとママ、今頃どうしているんだろう。この旅はうまくいくのかしら。それにしてもどう見ても海の中なのになぜ呼吸ができて浮いているのかなあ……。

ありかの頭の中は、小さな魚たちが発する言葉に反応して思考でいっぱいになった。考えれば考えるほど、たくさんの小さな魚たちがありかに近づいてきた。ありかの頬や腕をつつきながら、たくさんの言葉を投げかけてくる。どの言葉も自分が考えていることなので反応してしまい、ありかは考えることから抜けられなくなっていく。

――ああ、考えちゃう。考えることをやめなければ、感じる魔法の習得はできないのに。

▼感じる
▼考える

――考えちゃだめ。もっと心の海の奥底まで潜らなければ。

小さい魚たちは、ありかの首や太ももに吸いつくようにして言葉を投げかけてくる。

――ちょっとやめてよ！　うるさいなあ！　そうか、これが心の表面にあるノイズの層なんだわ。私のノイズってこんなにうるさいのね……。とにかく、この層を抜けなきゃ！

ありかはなんとか意志の力で小さい魚たちを振り切って、さらに深く海底へ潜った。

しばらく潜ると小さい魚の群れはいなくなった。ありかは下降しながらため息をついた。

少し水の色が濃くなってきた。

今度はさっきより大きな魚たちが現れた。大きな魚はありかの腕ぐらいの大きさをしているものから、ありかの体より大きなものまでさまざまだった。これらの大きな魚も無数に泳いでいる。そしてありかに近づいてきて声を発する。

「私は学校生活がとても怖いわ……」

「ユニークであることはそんなにだめなことなの……？」

「いなければいいと言われるなんてひどい……」

大きな魚の声は、さっきの小さな魚の声よりも深くて低いものだった。

——これも確かに私が考えていることだわ。でもいつもはあまり意識していない、私の心の下のほうに溜まった考えだわ……。暗くて、重くて、あまり見つめたくない気持ち……。

自分の中の暗くて重い気持ちを耳にして、ありかはぞっとした。

——私にはこんな考えがあったんだ。蓋をしてあまり考えないようにしていた……。ああ、私、学校がこんなに怖いんだわ。だってみんなとても残酷なんだもの。ユニークであることは罪なことなの？　いなければいいなんてひどすぎる……。だめだわ。反応して考えちゃう……。考えを消さなければ。

大きな魚が、大きく口を開けてありかの腕にかみついた。また違う大きな魚はありかの足首にかみついた。

——やめて！

大きな魚にかみつかれると、ありかの思考が一段と深くなった。

——ああ、毎日毎日いじめられてばかりだった……。本当に嫌だわ……。私ってそんなに変なのかな……。私なんて、いなくなればいいいんだ……。

また違う大きな魚がかみついてきた。

ありかは大きな魚にかみつかれるほどに、深い思考にからめとられていく。
――どうしよう、考えてしまう……。

▼感じる
▼考える

そこへ、赤い色をした大きな魚が現れた。
深く暗い思考に引きずられていたありかの頭の中に、赤い色が刺激を与えた。
――赤……。赤の魔法……。そうだ！　私には魔法があるじゃない！
ありかは大きな魚たちが体にかみつかれながら、心を整えて深呼吸をした。
――さあ、赤の魔法！　息を吸って、吐いて、自分の中に火を起こす。
「わあああああああああああああああああ」
恐怖で声がかすれたが、なんとか雄たけびをあげられた。力がみなぎる。
続いて、オレンジの魔法を使った。
――明るいほうへ。私は陽に気持ちを切り替えられる。

「うまくいくわ！　きっと大丈夫。ヤッホー！　ブラボー！」

思考のほうへ戻されそうになる気持ちをなんとか振り切った。

荒い呼吸のままに、黄色の魔法を使った。

——私は、自分を失わないわ。私は私。私はここにいる。

「私は望月ありかです！　私は私！　私は何者にも影響されないわ！」

気持ちが少しずつ制御できてきた。続けて緑の魔法を使った。

——調和……、調和……、この海はきっと優しい海だわ。心の海と調和するわ……。

ありかは心の海と自分を調和させようとした。自分が海になったような気がした。

そして、最後の力を振り絞って、青の魔法を使った。

——今の私に必要な一言は……。

喉に渾身の力を込めて大きな声を出した。

「考えない！」

その声のエネルギーに反応したかのように一匹、また一匹と、かみついていた大きな魚がありかの体から離れていった。

ようやくありかの体は自由になった。向きを変え、下へ潜るための体勢に整える。

――魚たちに影響されてはいけないわ。考えないで、とにかく海底までいこう。

気を取り直して、ありかは指先を海底に向け、さらなる深い海の底へ潜っていった。

潜れば潜るほど海の色は藍色が深くなっていく。もう頭上から降り注ぐ陽射しは見えなくなってきていた。ここからは懐中電灯の光だけが頼りだった。

しばらくの間、何者もいない藍色の海を潜っていくと、ふいに巨大な一匹の魚が現れた。

深海魚のようなグロテスクな姿をした、ありかの体の何倍もある巨大な深海魚だった。

その巨大な深海魚が、ありかのほうへやってきて言葉を発した。

とても深くて、とても低い声だった。

「死にたい……」

ありかをまるごと飲み込みそうなほどに大きく口を開けて何度も言った。

「死にたい……、死にたい……、死にたい……」

その巨大な深海魚の言葉は、まっすぐありかの頭の中に入ってきて、止めることのできない思考が始まった。ありかは巨大な深海魚の言葉を考え始めた。

――そう……、私は死にたいんだわ。もうこれ以上生きるのは嫌なの……。

あの日実行しようとしていた計画を頭の中で忙しく反すうした。

――戻ったら計画実行だわ……。忘れ物はないかな……。やっぱり、パパとママにお手紙を書いたほうがいいんじゃないかな……。

ありかの頭が思考で埋め尽くされていく。すると、これまで快適に浮いていたことに違和感を覚えた。心の海が本当の海に思えてきた。呼吸ができていることのほうがおかしい。そのことに気づくとありかの呼吸が乱れ、パニックになりそうになった。

――あ、あ、怖い……、あ、あ、ああああああああ。

落ち着かなければ叫んでしまう。

――心の海だなんて信じられないわ！　ああ、どうしよう、溺れちゃう。あああ。今このままパニックになったら本当に溺れるだろうとありかは思った。望み通りここで死んでしまうのだ。

――怖い、怖い、こんな海底に一人。怖い、怖い、溺れてしまう。

溺れる予感が高まっていくと、それに呼応したようにさっきの巨大な深海魚がさらにありかに近づいてきた。巨大な深海魚が口を開けて叫んだ。

「ノイズがあるぞ！」

ありかは恐ろしさのあまり声も出ない。

巨大な深海魚がさらに近づいてくる。

「おまえをノイズごと食べるぞ」

大きな口はもう目の前だった。

――私はこのまま溺れちゃうんだわ。そうじゃなければあの魚に飲み込まれるんだわ。

思考をすればするほど、その思考に魚が寄ってくるようだった。

――考えちゃ、だめ。けど、溺れる、食べられる！

▼感じる

▼考える

ありかはパニックで手足をばたつかせ、自分を守るかのように自分で自分を抱きしめた。すると、セーラー服の胸ポケットに柔らかい何かが入っていることを感じた。

――そ、そうだ！　ミカエル！

ありかは胸ポケットの中を必死で探り、天使猫ミカエルのぬいぐるみを取り出した。

――ミカエル助けて！

羽の生えた猫が微笑んでいる。ママが買ってくれた宝物だ。今年の誕生日にはママがミカエルの腕時計を買ってくれると言っていた。けれどもそれはもう叶わぬ夢となる。誕生日はもう来ないのだ。この旅が終わったら、人生を終える決心をしている。だからこそ最後ぐらいいいことがあって欲しい。何が何でもこの旅をやりとげたい、とありかは思った。

——ミカエル助けて！

そのとき、ミカエルのぬいぐるみを持っている左手が下へぐいと引っ張られ、ありかの体は海底のほうへ何か大きい力によって潜っていった。

——ミカエル？

左手の中のミカエルが、ありかの体を引っ張って海底へどんどん潜っていく。大きな口を開けていた巨大な深海魚のシルエットが、もう頭上のはるか上にあった。

——助かったわ！

気がつくと引っ張られる力はなくなっていた。ミカエルは引っ張るのをやめて、ただのぬいぐるみに戻っていた。

——ミカエル……、ありがとう。

ありかはミカエルのぬいぐるみを胸ポケットに戻し、今度は自分の力で海底へ潜っていった。どこまでもどこまでも潜っていった。藍色はその深さを増し、暗黒に近い闇になっていた。懐中電灯が辺りを照らしているが、もう魚の姿はない。ただ何もない海の中をありかはずっと潜っていった。

ただ静寂だけがあった。時間の感覚が分からなくなってきた頃、突然ありかの体は海底にぶつかった。

ありかは海底に着いたことに茫然として、しばらくの間海底に座り込んでいた。そこには魚はいなかった。海藻だけがゆらめいている静かなところだった。心の海の一番底の、無の領域に着いたのだ。

今、ありかの頭の中には、何も考えが起こらなかった。ただその状態を感じていた。

▽感じる

入っていた力がほぐれていく。

今、海底でありかが感じているのは恐怖ではなかった。安らぎだった。穏やかな呼吸もちゃんとできている。

ありかの頭の中は空っぽだった。真の空洞だった。ありかの頭の中に今、どんな考え事もなかった。その状態はありかの感覚をいつもよりも鋭敏にしていた。

どれだけの時間が経っただろうか。気づけばありかの口から独り言が出ていた。

「すべては、声を発している」

その途端、海底にゆらめく海藻から声が聞こえた。

「光が……、あなたを……、迎えに……、来ます……」

ありかには海藻からのメッセージがはっきり聞こえた。

海底に立ち上がり、はるか遠い海面を見上げた。

——光が、来るのね。

そのとたん、上からまぶしい白い光の束が海底にいるありかに降り注いだ。その光の束は、ありかの座っている海底を丸く照らした。そして、光のパイプのようにありかの体を吸い込み、ぐんぐんと上がっていった。深く暗い海底からありかはどんどん心の海の中を上昇し、陽光の世界へ引き上げられた。

あっという間に、ありかは光の束の引力によって海面へ到着した。

海の上に顔を出すと、上空を飛んでいるケツァルがいた。

「お嬢様！　なかなか戻って来ないので心配しました！」

「ケツァル……」

「お嬢様も、もう戻って来られないのではないかと……」

ケツァルは涙ぐんで言葉に詰まっていた。

「戻って来られない人たちがいたのね……」

「それはもうたくさんの方が……」

「海底では私以外の人には会わなかったわ」

「はい、それぞれの心の海ですから。この海はお嬢様の海なのです。挑戦された方々はそれぞれの心の海で、今も思考しているのでございます。自分の思考が雑多なノイズにあふれていることに気づくこともなく、そこが心の海の中なのだということすら忘れて……」

「私もそうなるかもしれなかったのね……」

ケツァルは何度も首を縦に振った。

「さようです、お嬢様。よくぞ無になって、浮かび上がってこられました。おめでとうございます！　さあ、お乗りください」

ありかはケツァルの翼を伝ってよじ登った。

ケツァルの背中に落ち着くと深いため息をついた。

「はあ、なかなかハードな藍色だったわ」

「藍色の魔法を手に入れたご気分はいかがですか」

「うん、考えないで感じること。そうすればすべてが声を発しているのを受け取れるようになるのよね。言葉で説明するのは少し難しいわ」

ありかは慣れ親しんだケツァルの背で、目を閉じて考え事をやめてみた。

キィイイイン、キィイイイイン。

遠くから何かのメッセージが風に乗って送られてくる感じがした。

あなたに託したいことがあります

「ねえ、時間はまだある？」

「少しならございますよ、お嬢様」

「フィールたちの街へもう一度いってみたいの。風に乗ってフィールたちの声が聞こえたような気がしたのよ」

「かしこまりました。フィールたちは何を言っていますか？」

「多分……、何かメッセージをくれようとしている」

ケツァルは、断崖絶壁を勢いよく上昇し、星空の街へ戻った。戻ってくると星空の街は先ほどと何も変わっていなかった。フィールたちがそこかしこで頭を垂れて瞑想している。街は星明かりでほの明るい。

ありかはケツァルの背から降りて、星空の街を歩き始めた。戻ってきたありかに気づいたフィールたちが集まってきた。

「おお、戻ってきた！」

「石の教えを聞いたんだな」

「蛇にえこひいきされたようだ」

「内気な風に深海へ運ばれたんだろう」

フィールたちがありかを取り囲んで口々に言った。

「ねえ、フィールさんたち。私にメッセージを送ってくれた？」

ありかが言うとフィールたちが答えた。

「まさか深海から戻ってくる人がいるなんてこんなことは初めてだ」

「だからメッセージを送ったのです」

ありかはよく意味がわからなかった。

「どうして深海から戻ったのがわかったの？　上から見えたの？」

フィールたちが首を振った。

「いいえ、あなたが発する声が聞こえたのです」

「私の声がここまで聞こえたの？」

フィールたちがまた首を振った。

「声帯を使う声のことではなくて声ならぬ声のこと」

「あなたという存在から電波のように受け取るのです」

「以心伝心」

「第六感」

「深海から戻ってきたあなたは奇跡です」

「あなたに託したいことがあります」

さっきまで寡黙だったフィールたちが何人も集まってきて、ありかを取り囲み話しかけていた。

「託したいってなあに?」

この藍色の国に来たときに最初に会話をした紺色の布をまとったフィールが一歩前に出てきた。またありかの手を取り、握手をする。

「ああ、あなたにはもうノイズがない」

フィールは感激したようにありかの手を長いこと握っていた。

「ノイズのないあなたが元の世界に戻ったら、それはきっと素晴らしいことになる」

確かにありかは今や澄みきって静かな気分の中にいた。自分の中に雑多な思考がないことがわかる。

「私たちはあなたに託したいのです。人間たちのノイズをもっと減らすことを」

フィールは熱心に語った。

「一人の人間のノイズが無くなったらそれはきっと伝染します。人間は本来、以心伝心できるのですから。それを思い出してもらうため、あなたの存在が生かされますように」

ありかはこの七色の旅で、初めてこうして願いを託された。それはありかがこのあとの紫の魔法を無事習得し、元の世界に戻ることを前提とした依頼だった。

しかしありかは元の世界に戻ったら望み通り自殺をしようと思っていたので、ただ黙ってうつむいていた。

フィールが続けて言った。

「あなたの深い悲しみが気になります」

「ああ、ノイズはないけれど、深い悲しみはまだあなたの中にある」

「あなたはそれを発している」

「私たちにはあなたの悲しい声が聞こえるのです」

フィールたちがありかを取り囲んだ。

ありかはうつむいたまま何も言えなかった。

しばらくの沈黙の後、あきらめたようにありかは言った。

「なんでわかっちゃうんだろう。すべては声を発しているって、口から出るこの声のことだけじゃないのね」

フィールたちが詰め寄るように言う。

「悲しさを感じます」

「あなたは何か悲しいことを決心している」

フィールたちの感覚は、ありかの中の決意を感じ取っていた。

——ごめんね。

この感覚の国では、隠している自殺の決意さえ感づかれてしまうのだ、とありかは気づき、フィールたちに心配をかけていることを申し訳なく思った。

「私たちはあなたを助けることはできません」

「けれど、初めて藍色の魔法を手に入れたあなたの存在を」

「私たちはとても喜んでいます」

「戻ったら藍色の魔法を広めてください」

「約束してください」

——ごめんね。

心配そうな表情のフィールたちを前に、ありかは罪悪感でいっぱいだった。元の世界に戻っても、それは約束できない。

ありかが沈黙していると、フィールたちはまた言った。

「じゃあせめてこの後の旅でも藍色の魔法を使ってください」

「藍色の魔法を使い続けたら、あなたは本質に気づくはずだ」

ありかは小さくうなずいた。フィールたちは、用が済んだように沈黙し、一人また一人とそれぞれの場所へ戻っていった。そしてまた寡黙な瞑想を始めるのだった。

——何を言わなくてもフィールたちには気づかれてしまったわ。

岩石たちがひしめき合うように金属音を発した。

「キィイイイイ、キィイイイイイ」

しかしありかにとってもうそれは金属音ではなかった。

「たか……ら……の……あり……か……よ。やり……とげ……な……さい……」

「奇跡……の……子よ……、七……色……の……魔法……を……」

ありかは岩石たちのメッセージをしっかりと受信した。

そして静かに大きく息を吐いてから、声を出さずにケツァルを呼んだ。しばらくすると上空からケツァルが舞い戻ってきた。

「お嬢様、お呼びですね？」

「今の、わかった？」

「はい、テレパシーで呼んでくださいました。声ならぬ声を発したのですね」

「そうよ！　ケツァルは全部の魔法ができるのね！　すごいわ！」

「私たち動物はみな魔法使いですからね。お嬢様だってすでに六つの魔法を手にしています。あと残るは一つですね」

「ええ！　紫の国へいきましょう！」

第七章

紫の魔法

奇跡っていうけど、偶然もあるんじゃない？

「お嬢様」

紫の国への飛行をしながらケツァルが言った。

「紫の国は少し遠いのでございます。ですが、これがお嬢様をお乗せする最後かと思うとこの遠い道のりも短く感じてしまいます」

「えっ、最後？」

唐突な言葉にありかは驚いた。

ケツァルは悲しそうに続けた。

「私の役目は、お嬢様を色の国から色の国へとお連れすること。紫の魔法を習得したら、お嬢様は元の世界に戻られます。ですから、これで最後なのです。名残惜しくて、私は悲しいです……」

「まあ、ケツァル。そんなこと言わないで。私も悲しくなってしまうわ」

七色の異世界を移動できるケツァルは、虹の魔法を習得する旅人を乗せることが役割だった。しかし、これまでは七色すべてを習得できず途中で敗退する旅人ばかりであった。ケツァルの感傷は、単にありかとの時間が長いからだけではなかった。

「お嬢様のような方にお会いできて、嬉しかったです」

「私もよ……。ケツァルと友達になれて嬉しいわ」

広げると三メートルにもなる翼をもつ大きなケツァルの姿を最初に見たときは驚いたが、今ではありかにとって最も信頼できる友人であった。

ケツァルは、感傷に浸りそうな自分を制して、紫の国の説明を始めた。

「お嬢様、これからお連れする紫の国は、いよいよ七色の魔法の最終目的地となります。紫の国は、地球でもなく、宇宙でもない、地球と宇宙の間の次元に存在します。生まれる前と死んだ後にちょっと寄り道する場所でもあります」

「霊界みたいな感じなのかしら」

ありかが尋ねるとケツァルが首を横に振った。

「あくまでも紫の国です。解釈や名称はつけないでおきましょう。あの光る雲の向こう側がそうです。さあ、参りましょう」

そういうとケツァルはスピードを上げて光る雲に向かって一直線に飛翔した。

途中チカチカと光が明滅する空間を通り過ぎた。

「少し揺れます」

ありかは、心を落ち着けてケツァルの背中にしっかりつかまっていた。

やがて雲の向こう側に紫に輝く空間が現れた。それは、天空に浮いた薄紫に輝くドームのようだった。

「あれが紫の国です」

「まあ、まるで天国みたい」

「もうすぐ着きますよ」

近くまで来ると、薄紫色のベールのような空気の層がドーム状に街を覆っているのが見えた。ケツァルはその空気の層を抜けて街へ降りた。

街は、道路も広場も建物も薄い紫色の石やガラスでできていた。街の真ん中の広場には、大きなパイプオルガンがあった。天まで届きそうなほどの高さのあるパイプオルガンを、ジャケットを着た男性が弾いている。人々が広場に集まり、讃美歌のような歌を皆で歌っている。そこかしこにキャンドルが灯されている。どの家の窓にも紫色のステンドグラスがしつらえてあり、荘厳なムードの漂う街並みだった。

その広場のはずれにケツァルはそっと降り立ち、ありかを降ろした。

「さあ、お嬢様。いよいよ最後の魔法ですね。いってらっしゃいませ。どうか、どうか、幸運を祈ります！　お嬢様ならきっと七色の魔法を手にできますよ！」

ケツァルはそう言うと瞳に深い想いを込めてありかをじっと見つめた。そして気持ちを振り切るように、ひらりと翼を伸ばして上空へと飛び立った。

「ケツァル！」

ありかは、空へと飛んでいくケツァルの後ろ姿に声をかけたが、ケツァルはそのまま飛び去っていった。

「ケツァル！　ありがとう！」

一人になったありかは自分の心を整えるため、何度か深呼吸をした。

——さあ、いよいよだわ。紫の魔法。

広場では、紫色のマントをかぶった牧師が聴衆に向かって話していた。ありかも礼拝の一番後ろのベンチに腰かけて話を聞くことにした。

「さあ、朝の礼拝を致しましょう。今ここにこうして皆と集えることに感謝いたします。神の御心に感謝いたします。この紫の国がドームに守られ、快適な天候を保てていること、食材や衣服に恵まれていることに感謝いたします。本日、新しい仲間、望月ありか氏が魔法を学びに来られたことに感謝いたします」

ありかは、いきなり自分の名前を呼ばれてびっくりした。牧師は説教を中断し、ありかへ優しく微笑みかけた。

「驚かせて失礼いたしました。ようこそ、紫の国へ」

周りの人たちもありかに微笑んだ。

この広場そのものが慈愛の空気に包まれたようだった。ありかは注目されるのが恥ずかしく、うつむくことしかできなかった。

「皆で祝福しましょう」

牧師の声と共に、聴衆たちの唇から祈りの声が漏れた。誰もがありかのことを祝福してくれているようだった。

「こんにちは……。お話を中断してしまってごめんなさい。どうぞお続けください」

ありかの言葉に牧師は笑っていた。

「ありがとうございます。これから奇跡の報告会の時間に入るところです。あなたもよかったらご一緒にお聞きください」

「奇跡の報告会……。はい、喜んで」

牧師は皆を見回して言った。

「では始めることにいたしましょう。奇跡のあった方は、ご発言を」

先頭の席に座っていた女性が手を挙げて立ち上がった。

「ではあなたからどうぞ」

牧師が促す。

女性は野良着のような汚れた服を着ていたが、顔は輝いていた。

「私が最近経験した奇跡についてお話しいたします。長女が孫を連れて帰省するというので、私たち夫婦は、その準備をしていました。孫の大好きな料理をたっぷりこしらえて待つことにしていたんです。ところが、あの子が大好きなくるみパンを作ろうとしたら、くるみがないんですよ。おろおろする私におじいさんは、『こんなときは神様にお祈りしようう』というんです。私たちは、着替えをして手と口を洗ってから神様にお祈りをしたんです。『くるみをお与えくださいましてありがとうございます。孫がくるみパンを食べて喜んでおります。ありがとうございます』と。そうしたら、それから一時間も経たないうちに、二軒隣の奥さんが大きな袋を持って来て、『くるみをたくさんもらったからおすそ分けだよ』って。いやあ、おじいさんと二人でひっくり返って驚きました」

会場に拍手喝采が起こった。牧師が目を細めて何度もうなずく。

「すばらしい奇跡をご発表いただきました。他に奇跡のあった方は？」

中央の席に座っていた帽子をかぶった男性が手を挙げて立ち上がった。

「僕はずっと幼なじみの女性に恋をしていました。二十五歳の彼女の誕生日にプロポーズをしようと決めていました。ところが誕生日の一週間前、彼女は馬車にぶつかって怪我を負い、意識を失って入院してしまったのです。僕は、病院の外で来る日も来る日も神に祈り続けました。そして誕生日の朝、彼女の目が覚めたのです。ベッドで僕の名前を呼んでいると、病院の方が僕を呼びに来てくれました。彼女は夢の中で僕の祈りをずっと聞いていたのです。僕は目が覚めた彼女のベッドの横でプロポーズをしました。彼女は、承諾してくれました。小さい頃から僕のことを好きだったと……。来月には結婚式を挙げる予定です。人生は奇跡ですね。神の御業は本当にすごいと思いました」

また拍手喝采が起きた。涙をぬぐっている聴衆もいる。

牧師が「他には？」と会場を見渡すと、後ろで立ち上がる小さい女の子がいた。

「お嬢さん、どうぞ」

牧師が促すと女の子は大きな声で話し始めた。

「あのね、私ね、この間からずっとお熱が高くて、お医者さまがうちにずっといたの。パパもママも寝ないで心配してたね、お医者さまも怖いお顔してるの。それでね、ずっと抱っこして一緒に寝てたクマさんのぬいぐるみに、『クマさんお願い、お熱を下げて』って言ったらね、クマさんがずっと私を抱っこしてくれて、次の日の朝、起きたらお熱が下がってたの。でもね、クマさんはどこかにいっちゃったの。どんなに探してもいないの。きっとクマさんが助けてくれたんだね、ってみんなで話してたんだよ」

大きな拍手喝采が起きた。牧師は、瞳に涙を浮かべている。

「きっとクマさんは、今頃神様にほめられていることでしょう」

広場に感動の空気が流れた。

ありかは、その空気に少し違和感があった。

――こういうの、奇跡っていうけど、偶然もあるんじゃない？

紫の国の人たちは、それぞれの奇跡の報告に涙を流したり、大きく手を叩いたりして、誰もが感動しているようだった。ありかはそこに少しなじめないものを感じた。

礼拝が終わり、牧師がありかのところに近づいてきた。

「あらためまして、ようこそ紫の国へ」

「牧師さん、ありがとうございます」

「ありかさんは、奇跡を信じられませんか？」

単刀直入に言われてありかはどきっとした。

「あ、いえ、そんなわけじゃないんですけど」

牧師が笑った。

「お顔に書いてありますよ。奇跡は信じられないって」

ありかは肩をすくめた。

「そうなんです。今の皆さんのお話、素敵だったんですけれど、なんか偶然なんじゃないかなって思ったりして」

牧師は大きな声を出して笑った。

「正直で大変よろしいです」

牧師は、ありかを隅のベンチに連れていった。

「ありかさんは紫の魔法を学びにこちらに来たのですね」

「はい、そうです！」

「赤から藍色まで習得されたから、ここに来ることができた。ここまで来る方は、本当に少ないのです。大変だったことでしょうね……」

ありかの脳裏にこれまでの旅が思い出された。何度も大変なピンチがあったがそのたびに助けられてきた。それぞれの色の国での出会いを思い、ありかは胸がいっぱいになった。

「大変でしたけど、素敵な人たちに出会えたから……」

牧師は感心したようにありかを見つめた。

「優しいですね、あなたは。あとは奇跡を信じるだけですね。紫の魔法は、信じることなのです。あなたも奇跡を信じられるようになりますように」

「奇跡を信じる……、ちょっと苦手です……」

「ハハハ！　さっきの奇跡の報告も信じられなかったんですものね」

「なんか、神を信じるってちょっと怪しい感じがして……」

「誰もが天から祝福されている存在なのです。頭のてっぺんに神からの暖かさを感じませんか。祝福はずっと降り注いでいるのです。そのことを信じるだけですよ」

ありかは自分の人生を振り返るととてもそうとは思えなかった。

肩をすくめ、頭を触りながら言う。

「頭のてっぺんに降り注いでいる祝福は、ちょっと信じられないかも……」

牧師は微笑んで言った。

「あなたがそれを信じられるように祈っています。さあ、紫の魔法の習得にいってらっしゃい。天使の鐘を聞くことができれば、紫の魔法を習得できたことになります。天使の鐘は、この国の大切な音色です。魔法を手にした人が聞ける音なのです。きっと聞くことができますように」

七色目の魔法の習得にいよいよ歩み始めるときが来た。

「牧師さん、私はどこへいけばいいのでしょうか」

ありかの目に真剣な光が宿った。その瞳を見て牧師は静かに言った。

「神に祈りなさい」

「ええっ」

「紫の魔法は信じることです。ただ神の祝福を信じればよいのです」

牧師はそれだけを言うと紫色のマントをひるがえして去ってしまった。

ありかは唖然としてその後姿を見送った。

――だからそれが苦手なんだってば……。

ありかは少し不安になった。けれどもここまで来てあきらめることはできない。

広場にいた聴衆たちは、輝く顔をしてそれぞれの生活に戻ろうとしていた。誰かに声をかけようと思うが、誰もがすっかり神を信じている幸せそうな表情で声をかけづらかった。

「どうしようかしら」

ありかは、途方に暮れた。

――神に祈りなさい、か。

ここまでいろいろな魔法を習得してきた。赤の国は勇気を、オレンジの国は陽を、黄色の国は自分をもつことを、緑の国は調和することを、青の国は本当のことを言うことを、そして藍色の国は感じることを教えてくれた。紫の国ではどんな学びをするのだろう。

――なんか怪しいけれど、せっかくここまで来たんだもの、やってみるか。

ありかは小さい胸に覚悟を決めた。

――神様に直接聞いてみようじゃないの。

ベンチに座り、心を落ち着ける。目を閉じて、神に祈ってみる。

――神様、望月ありかです。紫の国に来ました。いろいろなこと、これまでのこと、ありがとうございます。感謝します。私は紫の魔法を学びたいのですが、どこにいけばいいか教えてください。

紫の国の芸術家たち

目を閉じたまま、無言の時が流れた。そよ風を頬に感じる。

誰かが足元の近くに来たような不思議な気配がした。ありかは我慢できず目を開けた。

そこにいたのはトカゲだった。半透明に光るその体は薄紫色をしていて、手のひらに乗りそうなほどの小さなトカゲだ。瞳がガラス細工のようにキラキラしていた。

「トカゲ……」

その唐突な出現にありかが唖然としていると、トカゲが優雅なお辞儀をして話し始めた。

「お呼びでしょうか」

「え、呼んでない」

「でも呼ばれたのです」

「あなたが？　私に？」

「私は、神様の使いです。リングといいます。あなたが神様を呼んだので私が代わりに参ったのです」

「ああ、そういうことなら、神様に祈ったわ」

リングはうやうやしくもう一度お辞儀をした。

「ありがとうございます。私にお役目をくださって。私はあなたを魔法の道へお連れします。あなたも信じるようになるでしょう」

そういうとリングは、先に立って歩きだした。

紫の国の地面はクリスタルのような石でできていた。どこか違う星へ来たかのような不思議な質感の大地だった。

リングは広場を抜けて、紫の街へ入っていった。素早く先を走っていくので、ありかは付いていくのが精いっぱいだった。

それぞれの窓にステンドグラスが設(しつら)えられた家々が立ち並ぶ美しい通りだった。

「まあ、きれいな街並み！」

ありかは美しい街の景色を見てうっとりした。

「ねえ、もっとゆっくり見たいわ。どうしてそんなに急ぐの？」

先を走っていたリングは、立ち止まって振り返った。

「このスピードが私には心地よいのです。私はこのように生まれついているのです。個性みたいなものでしょうか」

リングの言葉にありかは納得した。

「確かにそうね。それぞれ動物によって移動するスピードが違って当たり前だわ。でもちょっと疲れたから止まってくれる?」

ありかが言うと、リングは立ち止まって笑った。

「無心になるとつい走ってしまうのです。そうやって言ってくれれば、いくらでも立ち止まりますよ」

ありかとリングは立ち止まって紫の街の風景をしばらく眺めた。

家々の前には広い舗道があり、紫色の石が敷き詰められていた。舗道にはいろいろな人がいて、それぞれが思い思いのことをしていた。

一人の青年は、バイオリンを弾いていた。そのメロディはとても気持ちよく、音色は空に溶けそうな美しさだった。

一人の女性は、絵を描いていた。ありかが後ろからのぞき込むと、美しい紫色のグラデーションの抽象画だった。点描画のように細かく描かれていた。

一人の少年は、紫色のクリスタルで彫像を作っていた。翼を広げたヴィーナスのような美しい女性が彫られているところだった。

一人の少女は、しなやかに踊っていた。美しく流れるようにターンをし、羽根のように軽やかにステップを踏んでいた。

ありかは、それぞれの様子を見て感動して言った。

「まあ！　なんて素敵なの！　ここは芸術家の街なのかしら？」

リングはありかを見上げて笑った。

「紫の国に生きる人たちは、みんな芸術を創り出すことが大好きなのです」

ありかは芸術家たちから目を離せなくなり、バイオリンの青年のところへ近づいて話しかけた。

「とてもきれいな音色ですね」

バイオリンの青年は、演奏する手を止めて微笑んだ。

「宇宙の調べの美しさに、近づきたいのです」

「素敵だわ、がんばってください」

続いてありかは絵を描いている女性に話しかけた。

「素晴らしいグラデーションですね」

絵を描いている女性は筆を置いてうなずいた。

「神の愛が織りなす美を、描いてみたいのです」

「すごいわ」

そして翼のついたヴィーナス像を彫っている少年に話しかけた。

「よくこんな美しい姿を思いつきますね」

像を彫っている少年は、はにかんで答えた。

「このヴィーナスはすでに存在しているのです。僕はその出現を助けているだけです」

踊っている少女の前に来た。ありかがじっと見ていると、少女は踊りをやめて微笑みかけてきた。

「一緒に踊りませんか。とても気持ちいいですよ。神の踊りが私の中から湧き起こってくるんです」

ありかはゆっくりと首を振った。

「私にはとても無理だわ。皆さん、素敵。邪魔をしてごめんなさい」

足元にいたリングが、ありかを見上げて説明した。

「紫の国には、彼らのような芸術家がたくさんいます。神様に祝福されていることを信じていると、ああして自分もこの世の美しさを祝福したくなるのですよ」

「神様に祝福されている……、かあ」

ありかは祝福を信じている芸術家たちを見て、肩を落とした。

「私もあんなふうになりたいけれど……」

リングが笑った。

「紫の信じる魔法を手にしたら、誰だってああしたくなります。さあ、いきましょう！」

そう言うとリングはまた素早く走り始めた。

「待ってよ！」

ありかは慌てて走るリングに付いていった。

この日が始まりなのですか

リングを追いかけてしばらく走り、気がつくと街を抜けていた。

砂漠のようなところへ出た。その砂漠も紫色のクリスタルのかけらのような砂でできていた。見渡す限りの紫色だ。

「着きましたよ」

リングが立ち止まって言った。

「すごい……。紫色の砂漠……」

ありかが周りを見渡して感嘆した。

「ここで、信じる魔法を習得しましょう」

リングがありかを見上げて言うと、ありかも大きくうなずいた。

「さあ、いよいよ最後の魔法だわ！」

砂漠を移動していくと、目の前に四角い何かが見えてきた。近づいてみると、壁のような透明の板が立っている。スイッチを消したテレビ画面のようだ。家のテレビよりずっと大きい縦長の板だ。

リングはジャンプしてその板の画面に貼りついた。すると、スイッチを入れられたかのようにその透明な板に無音の映像が映し出された。画面に映っていたのは、ありかの人生のある日の光景だった。

「これは……」

ありかの顔色が変わった。

「リング、これは見たくないわ」

思わず目を背けるありかにリングが静かに言った。

「映像を見るだけです。見てください」

ありかはため息をついて、映像を見始めた。

それはありかにとってとても嫌な思い出のシーンだった。

五人の少女がテーブルを囲んで紅茶を飲んでいる。誕生日ケーキがテーブルの上にのせられており、「リサお誕生日おめでとう」と書いてある。リサのお母さんが現れて、ケーキを切り分けた。リサがチョコレートとイチゴがのった一番大きなところをもらう。

ケーキを食べ終わると少女たちは顔を近づけてひそひそ話を始めた。悪口を言っているるようだ。

のがわかるようないじわるな表情だ。ありか以外の四人でどんどん会話が盛り上がってい

しばらくして、口をきかないありかに四人が注目する。ありかはうつむいて、角砂糖を紅茶に入れてかきまわす。四人がありかに話しかける。ありかは紅茶の中でぐるぐるとスプーンをまわす。ありかは困ったように顔をあげ、一言何かを話す。

とたんに四人の顔色が変わる。映像はそこで終わった。

——そう。あのときみんなが聖子の悪口を始めたんだわ。みんなが私に何か言えと言うから話題を変えたくて角砂糖のことを話したら、急にみんなの態度が変わっちゃったんだ。あの日からずっと態度が変わっちゃったんだ。

ありかは、苦いものが込み上げてくるような嫌な気持ちになった。

「覚えていますか。あなたの記憶の中の記憶」

リングが静かに言う。

「そうね、確かにこれは私の人生の記憶だわ」

「あなたの人生は、奇跡ですね」

ありかが自嘲気味に笑った。

「まさか。私の人生は奇跡なんかじゃないわ。私の人生、最悪になっちゃったのよ。今見たこの日が最悪の日々の始まりだもの」

ありかの唇が震える。できることならこの映像は見たくなかった、と思う。

「この日が始まりなのですか」

リングが問う。

「そう。私の答えが変だったのよ。私のミスなの。角砂糖のことなんて言うのは変だったみたいなのよ。この日から私いじめられたの……」

ありかは、この日から始まった苦しい日々のことを思った。真っ暗いトンネルの中を歩いているような毎日だった。この日に帰ってやり直せるものならやり直してみたいが、帰ってみたところでどうしたらいいのかわからない。なんといっても嫌われているのは自分の個性そのものなのだ。

「この日が始まりなのですか」

リングが再度言う。

「そうよ、リング。この日からいじめが始まったんだと思う」

リングは表情を変えずに続けた。

「人生が奇跡であることを信じるのです」

▼信じる

▼信じない

ありかは首を振った。

「そんなふうに思えないわ」

「もう少しさかのぼってみましょう」

リングはそう言うと早足で先へいってしまった。

「待ってよ！」

ありかは慌てて付いていく。

しばらくいくと、また透明の板が立っていた。またリングがジャンプしてその画面に貼りつくと、無音の映像が映し出された。これもまたありかの人生の一シーンだ。

クラスの皆で体育館にいる。女子たちがいらいらした表情でステージ台に並んでいる。男子たちがダラダラとふざけながら体育館に入ってくる。女子の一人が男子に向かって何かを言う。男子たちはふざけ続けている。指揮者の子がわっと泣き出す。

——これは、去年の合唱コンクールのときのあの騒動だわ。

男子の一人が女子たちに向かって何かを言う。それに対して何人もの女子が言い返している。そのうち大勢の人が口々に言い合いをはじめ、騒然とした雰囲気になっていく。

リサは、唇を曲げて面白そうに高見の見物をしている。リサの取り巻きたちは、リサに並んで一緒に騒動を見ている。ありかもその中にいて、じっとうつむいて端っこで目立たないようにしている。

その様子を静かに見渡している女子が一人いる。少し困ったような顔をしている。

——聖子だ。

聖子はそっと移動して、ありかのところへ歩いていく。真剣な表情でありかへ話しかける。ありかは無表情で首を横に振る。聖子は、落胆した表情で戻っていく。

——ああ、聖子と仲良くなるチャンスだったのに。

こうして映像で見るとそれぞれの表情がよくわかった。聖子の気持ちも自分の態度もよくわかり、悔やんでも悔やみきれなかった。

映像が終わった。

「ああ、なんであんな失敗しちゃったんだろう」

ありかが言うと、リングが問い返した。

「失敗？」

「そうよ、きっとここから歯車が狂い始めたんだ。私、本当は聖子に憧れていたの。聖子と友達になりたかった。けれど、聖子の側に立つことは、リサたちから離れることでもあったし、なんだか面倒だし怖い感じがしてこのとき拒絶してしまったの。でも本当は、本当は、このとき答えればよかったんだわ！　声をかけてもらって嬉しいって言えばよかったんだわ！」

ありかは映像で過去をまざまざと見せつけられてうなだれた。

「戻りたい……。戻れたら、もう今度は失敗なんてしないのに。あの日から間違えてしまったの……」

深いため息をつくありかにリングが言った。

「この日が始まりなのですか」

「えっ……」

ありかは、顔をあげてリングを見た。

リングは表情を変えずに続けた。

「人生が奇跡であることを信じられますか」

▼信じる
▼信じない

ありかは首を左右に振った。

「だめよ……」

「もっとさかのぼってみましょう」

リングはそう言うとまた早足で先へいった。

「もう、待ってちょうだい」

今度は先ほどの倍ほど長い間移動した。クリスタルの砂でできた砂漠が続く。リングとありかの他には誰もいない。紫色の太陽が柔らかく大地を照らしているだけだ。

「ねえ、リング。この砂漠には誰もいないの?」

ありかが不思議に思って聞くとリングが振り返って言った。

「ここは、あなたの記憶の中です。案内役の私がいるだけです」

「私の記憶の中?」

クリスタルの砂漠は、まだまだ続いた。砂の一つ一つが紫色の太陽の光を反射して夢のように美しく輝いていた。その素晴らしい光景とは反対にありかの心は打ち沈んでいた。これ以上進みたくない気持ちが強かった。またあのような映像を見て自分の過去を直視するのは苦しいことだった。

「リング、もうこれでいいわ。これ以上過去なんてもっと子ども時代だし、特に何もないはずだわ」

ありかの言葉をリングが制するように言った。

「特に何もない過去などありません。さあ、次の映像の板まであと少しです」

前方にまた透明な板が見えてきた。リングが走っていってジャンプすると画面に映像が映し出された。

そこには、ありかの幼稚園時代のあるシーンが映っていた。幼稚園の制服を着たありかが画用紙に向かって一心に絵を描いている。描かれているのはありかのパパとママだ。パパは水色のポロシャツを着て、ママに向かって微笑んでいる。ママはローズ色のセーターを着て大笑いしている。セーターの襟元に飾られたぶどうの形をしたブローチまでが細かく描かれていた。

シスターの服装をした先生が歩いてきてありかの絵を手に取る。その絵の上手さに感嘆しているのが画面から伝わってくる。周りの園児たちもありかの絵の周りに集まってきていた。他の園児が書いた絵も映し出されていたが、ありかの絵の上手さが群を抜いていた。

園児の一人がありかの髪を引っ張った。もう一人がありかの絵に手を伸ばし、奪い取ろうとした。先生が慌てて彼らを制し、高く掲げて絵を守った。先生がそっとありかの背を撫でて何かを言った。ありかは恥ずかしそうにうつむいた。他の園児たちは、興味を失ったように他の遊びをめがけて走り去っていった。

映像が終わった。

「この日のことは覚えていますか？」

映像に見入っていたありかにリングが聞いた。

「そうねえ、なんとなく覚えているかも。私の絵を先生がすごくほめたの。周りのみんなが集まってきてからかわれたり、パパとママのことを馬鹿にされたりしてとても嫌だった。だからあんまり注目されたくないって思ったのを覚えてる。お願いだからほめないで、目立つとからかわれるからやめて、って思った……」

「それにしてもずいぶん絵が上手なんですね」

リングが感心したように言うとありかはそれを認めてうなずいた。

「絵を描くのがすごく好きだったの。人に注目されるのは嫌だったけど、誰にも見られないなら好きだったな。この絵を描いたことは覚えてる。ママのぶどうのブローチが大好きだったから。実物を見ながら丁寧に描いたの」

ぶどうのブローチのことを思い出すと、それをきっかけに幼少期の思い出が一気にあふれてきた。ピアノの発表会で着せてもらったビロードの赤いワンピース。パパが運転する車の中から見えた紅葉する山。裏の空き地でカマキリを追いかけた午後。焼きりんごの鍋を庭のカマクラで冷やして食べた冬の日。大好きなパパ。大好きなママ。ぶどうのブローチ……。どのシーンも写真のように思い出された。

「なんて絵が上手なんだ。天才だな」「発表会で転んじゃったのね。大丈夫よ」「来週は家族で紅葉を見にいきましょうね」「カマキリを捕まえるなんてすごいわね」「焼きりんごがあるわよ！　ありか、いらっしゃい！」「ありか！」「ありか……」……。

パパとママとありかの声が、代わる代わる耳の奥に聞こえた。

覚えてる、全部、覚えてる。毎日が楽しくて、平和で、笑って、泣いて、ふざけて、安心していて……。愛されていた……。

言葉に詰まって何も言えなくなった。毎日が恐ろしいものになってからは、こんな幸せな時代のことは思い出したことがなかった。人生は、最近始まったのではなかった。最近の苦しみが濃厚でそれがすべてだと思っていたが、その前にも人生はあった。毎日がずっと連続していた。その毎日を丁寧に育ててくれた両親がいた。それらを享受して生きている自分が毎日存在していた。

「けど……」

深い絶望がありかを襲った。

子どもの頃は幸せだったけれど、今はもう毎日がさんざんなのだ。ありかはまぶしいくらいに幸せだった日々を思い出して、かえって悲しい気持ちになった。

「もう無理よ……。こんな無邪気な時代に帰るのは無理だわ。あの人生に戻ったところで、クラスはリサが支配していて、男子たちの嫌がらせが毎日続いて……」

生々しい心の傷口が痛んだ。

「死ぬ前に七色の魔法を手にできたら、それは素敵なことだと思った。ただそれだけだったのよ。こんなふうに、人生を振り返りたくはなかった……」

ありかが全身の力が抜けて、クリスタルの砂の大地によろよろと座り込んだ。

「小さい頃楽しかったことを思い出すのも今は酷だわ。ただもう人生を終わりたい、もう終わりたいの」

リングが静かに聞いた。

「人生は奇跡だと、信じられますか?」

▼信じる
▼信じない

「ごめんなさい……。もうそれは本当に無理よ。信じられない」

リングは残念そうに言った。

「ここでリタイアしますか?」

ありかは黙っていた。リングがさらに聞く。

「ここでリタイアすれば、あなたは、ずっと自分の記憶の中をさまよい続けることになります」

「……もう少し続けさせて……」

ありかの言葉に、リングは少しほっとしたようにうなずいた。

「それがよいでしょう。いずれにしても、映像の板はあと一枚ですから」

リングはそう言うと先に立って早足で歩き始めた。ありかは力なく立ち上がりリングの後を追った。

それは完璧なる気づきの瞬間だった

薄紫色の太陽の光は、秋の夕方のように穏やかに砂漠を照らしていた。

ありかの呼吸が乱れてきたので、リングは早足だった速度を落として、さっきよりゆっくり移動していた。ありかも後ろから無言で付いていく。

――この旅を、私は終えられるだろうか。でも……、最後の映像の板に何が映し出されていても、とにかく紫の魔法を私は習得してみせる。そして元の世界に帰って、人生を終わらせるわ。

歩くほどに心が落ち着いていくのを感じた。感情表現をしないリングの機械的な誘導は、今のありかにとってとても気が楽だった。

しばらく静かな移動が続いた。薄紫に輝くクリスタルの砂の大地を踏むごとに、旅の終わりに近づいていることが感じられ、ありかには一歩一歩がとても貴重なものに思われた。

――もうすぐ私の人生が終わる。最後までがんばろう。紫の魔法を習得して、せめてもの良い思い出にしよう……。

「着きましたよ」

物思いにふけっているありかにリングが言った。足元ばかり気にして歩いていたからうっかりしていたが、眼の前には最後の板があった。

「どうぞ、ご覧ください」

リングは、そう言ってジャンプして映像を映し出すと、少し離れたところへいってしまった。

映像が始まった。

白亜の小さな産院だった。白いシーツが掛けられたベッドが見える。ベッドには写真でしか見たことのない若いママがいた。ベッド脇には同じく若い頃のパパ。

ママは、女神のように光輝いた微笑みをしていた。人生の最良の瞬間を今、味わっていることが傍目にもわかるような表情だ。そのとろけそうな瞳は幸せの涙にうるんでいる。

パパは、ベッドに半身を投げかけるようにして鼻の頭を真っ赤にして泣いていた。しゃくりあげ、呼吸ができないほど全身を前後によじり唇を震わせている。

そして、全身を真っ赤にして泣いている赤ちゃんが今、助産師に取り上げられていた。

それはありかがこの世に誕生した瞬間の映像だった。

窓辺から赤ちゃんにまぶしいほどの太陽光が降り注いでいる。その赤ちゃんはまるでその光がまぶしくて泣いているかのようだった。光は、窓ガラスを透過して七色に輝いている。七色の虹が赤ちゃんを抱いている。その虹の光は、時折揺れ、瞬いては赤ちゃんをあやすようにふんだんに降り注いでいた。

七色の光がどんどん強くなり、やがて画面がその光で満ちた。映像を見ていられないほど強くなっていく光は、まるでその光そのものに意志があるかのようだ。そしてその意志が、見ているありかの心にはっきりと流れ込んできた。

——ああ、そうだった……。

その意志を感じたとき、ありかの意識はその当時の自分の意識につながった。

天地も左右もわからないような空間にありかはいた。まだ望月ありかですらなかった。肉体さえもっていなかった。そこはふるさとであり、起源のような場所だった。愛おしく懐かしいその空間を意識は抜け出て、どこかへたどり着こうとしていた。待ち焦がれたとても嬉しい場所へ着こうとしていた。強い気持ちをもってそこへ向かった。すごいエネルギーがありかに満ちていった。その意識は今、この世に生まれ出でようとしていた。

――思い出した……。

この世は光に満ちていた。生まれたばかりのありかは、その全身に光を浴びていた。その光は、ここに奇跡が起きたことを祝福していた。また今日もここに世界に一つしかない唯一のものが誕生したことを祝福していた。その光は宇宙の意志だった。この宇宙に、新たなかけがえのない個性が生まれたことを、何よりも素晴らしいことと祝福しているのだった。

映像が終わった。

無言の時が流れた。

ありかの体の隅々にまで、満ちていく一つの答えがあった。

それは、完璧なる気づきの瞬間だった。

最初からわかっていたことを知覚するのに、何の力も必要なかった。

たどり着いた答えを、ありかは静かに口にした。

「『これ』は奇跡なんだ……」

▽信じる

その瞬間、高らかな鐘の音が砂漠全体に響いた。神が奏でるかのような美しい音だった。

——鐘の音……。これは、天使の鐘の音……。

それは、聞いたことがないのによく知っている音だった。

生まれる前、祝福だけがあった世界でこの音に包まれていた。荘重で崇高な神の音色。

ありとあらゆることがことごとく具備された全き(まった)調和を表す音だった。そしてその音は、ありかの七色の冒険が完了したことを表していた。

砂漠に無数の紫の葉が生え出てきた。にょきにょきと紫色の蔓を伸ばし、紫色の花を咲かせ、砂漠全体が見る見るうちに紫色の花畑になっていった。

今、紫の太陽からありかの頭上に祝福の光が降り注いでいた。ありかは、頭のてっぺんに暖かいものを感じた。そして全身が日だまりに照らされたように暖まっていくのを感じていた。

リングは、トカゲの姿から薄紫色のタキシードを着た少年に変わっていた。

紫色の花畑から抱えきれないほどの花を摘んでくると、リングはそれらを花束にして立ち尽くすありかに渡した。

「ありかさん、おめでとうございます」

リングは、感動を抑えきれずに頬を純真そうに染め、瞳をうるませた。

「ああ、神様が私に言ったんです。いつか、奇跡を起こす宝のありかにたどり着いたとき、花束を捧げるのは盛装した美しい少年の姿のおまえだって！　私は、それを信じていた！

こうして花束をあげることを夢見ていた。ああ、これは奇跡だ。私が今こうしていることが奇跡だ。あなたも、自分の人生が奇跡であることを信じたのですね」

目の前の夢のような光景を、ありかは不思議な気持ちで眺めていた。

古代からずっと続く当たり前のことに気づいたのだ。長い眠りから醒めたかのようだった。まだ頭の中がぼんやりしていた。

もう不信は消え去っていた。ただ、生まれてきたことが宇宙の奇跡であることだけが、当たり前のことのように思い出されていた。

「奇跡なんだわ……」

ありかは、茫然としたままようやくそれだけを言った。

リングは両手を天に伸ばし高らかに叫んだ。

「おお、ここに七色の魔法を習得した者がいます！　虹よ、ここに望月ありかが七色の魔法を習得しました！」

その言葉に呼応するように、薄紫色の空がその光を増していく。

天が割れるかのような大きな音がする。

やがてくっきりと鮮やかな環状の虹が空いっぱいに出現した。

「オメデトウ……」

古代の太鼓の音と、教会の鐘の音と、機械で作ったキーンというような音などが何層にも混ざり合ったような、あの日寝室で聞いた不思議な声。

「虹さん……」

七色の魔法の冒険は、今終わったのだ。

「アリカサン……、オメデトウ」

ありかは、ただぼんやりと美しく輝く空一杯の環状の虹を見つめていた。

まだ旅が終わった実感がない。

「虹さん……」

虹の輝きが増した。

「コレデ、アリカサンハ、ナナイロノマホウツカイデス」

ありかは虹をじっと見て深くうなずいた。

——終わったんだ、終わったんだ……。

環状に輝く虹を見ているうちに、少しずつありかの胸に実感が湧いてきた。

——私、七色の魔法使いになれたんだ……。

虹はありかを光で抱くように優しく輝きを増した。

「ソレデ、テツダッテクレルッテ、ホントウデスカ?」

虹の言葉はこの世界の祝福そのもののように優しかったが、ありかはその問いに顔をあげることができずにうつむいた。

「そ、それは……」

人生の最期の思い出に、せめて虹の魔法を習得できるなら、それは少しいい人生といえるだろうか……と思い、決心したこの七色の旅だった。虹に書いた手紙に「お手伝いをしたい」と書いたのは事実だが、その後のいじめに限界を感じ、人生を終える決心をしたのだった。

「それは……、できないんです。ごめんなさい」

虹の輝きが少し暗くなった。

「アリカサントノヤクソクハ、ニジノマホウヲシュウトクスルマデハ、シナナイ、トイウモノデシタ。ココカラハ、ヤクソクデハナク、ワタシノ、ネガイデス」

ありかは黙ったままうつむいていた。自分らしさが周りから嫌われているあの世界に、もう一日だって戻りたくはなかった。できることならこの素晴らしい七色の旅を最後に、この幸せな気分のままに人生を終わらせたかった。

無言のありかを虹はしばらくの間見つめるように瞬いていたが、だんだんその輝きが薄くなっていった。

「ワカリマシタ……。ワタシハ、イマハタダ、シュクフクシマス」

虹は、どんどん薄くなっていく。

「オメデトウ、オメデトウ……」

「ああ、もうすぐありかさんは元の世界に戻りますよ。虹が薄くなってきました」

横でやり取りを見ていたリングが名残惜しそうに言う。

ありかの脳裏にあの懐かしく慣れ親しんだ寝室が思い浮かんだ。

――パパ！　ママ！　私の人生、最期はちょっといいものだった……。

七色の旅は今、終わりを告げようとしている。

――あとはもうあの時間の寝室に戻って、計画通り人生を終わらせよう。

ありかは静かな気持ちで虹を見上げて言った。

「虹さん、ありがとうございました。もうこれで悔いはありません」

虹は何かを言いたげに瞬いている。

「最後に七色の魔法を手に入れられて、本当によかったです。私、元の世界に戻ります。そして計画通り……」

落ち着いた表情で言うありかに、虹は問いかけた。

「ホントウニ、シヌノデスカ」

ありかはうつむいて黙り込んだ。虹がさらに問いかけた。

「ホントウニ、クイハナイデスカ？」

——悔いはないだろうか。

ありかは自分の内側の深いところへ問いかけてみたが、返ってくるのは静かな風のようなものだけだった。今自分の内側に、どんな気持ちも起こらなかった。やはり人生を終わらせたい強い気持ちだけがそこに変わらず存在していた。

「悔いは、ないみたい……」

それはありかにとって寂しいことだった。それでも自分のユニークを消して生きるあの人生に、戻りたい気持ちは起こらなかった。自分らしくいられないなら、自分らしくいることが攻撃されるなら、もうあそこへは戻りたくなかった。

「悔いは、ありません……」

ありかは薄くなっていく虹をまっすぐ見上げてはっきりとそう言った。

虹はしばらくの間黙っていたが、光でありかを抱くようにして言った。

「イトシイアリカサン……、オキモチハ……、ワカリマシタ……」

虹がますます薄くなっていく。

「ケレド、ワスレナイデ……」

感情的になっているかのように、虹がかすかに瞬いた。

「ナナイロノ、ソレゾレノ、クニノコト、ワスレナイデ。ナナイロソレゾレノ、クニドウシハ、マジワルコトハナイケレド、ソレゾレノクニハ、ソレゾレニ、ステキナノデス」

静かにうなずこうとしたありかは、「あれ？」とつぶやいた。何かが引っかかる。七色それぞれの国同士は交わることはないけれど……、という言葉がありかの心に小さな違和感を残したのだ。

——交わったら、だめかしら。

そのささいな違和感は、ありかの胸にさざなみを起こした。小さな気持ちは我慢できないほどに膨らんだ。どんどん大きくなってありかの体の中はその気持ちでいっぱいになり、口からあふれるのを止められなかった。

ありかは、もう透明に近づいて見えなくなりそうな虹に、大きな声を出して言った。

「虹さん、待って！」

虹が少し色濃くなった。

「悔いはあるわ！　一つだけ、悔いはあるわ！」

「……ナンデスカ」

「虹さん、お願い！　死ぬ前にどうしてもお願いしたいことがあります！　七色の国を一つにして！　赤の国も、オレンジの国も、黄色の国も、緑の国も、青の国も、藍色の国も、そしてこの紫の国も、全部行き来ができる一つの大きな国にして！　虹さんには七色がある。私たちにも七色すべてが必要よ。レオに緑の調和の素晴らしさを味わってもらいたいわ。スチュに藍色の感じるすごさを見せてあげたいわ！　リングとオレンジの世界で一緒に歌って踊りたいわ！」

虹は、しばらく色濃くなったり薄くなったりして、明滅を繰り返していた。紫の国全体がチカチカと明るくなったり暗くなったりした。

リングがおびえたように言った。

「ありかさん、なんてことを……。虹に意見をするなんて前代未聞だ。ああ、見たことがないくらい空全体が点滅している。どうなってしまうんだ！」

空から大粒の雨が降ってきた。それは、次第にスコールのようになって紫の国の大地に打ちつけた。

「嵐になってしまう！　恐ろしい！」

リングは、恐れをなしてわなわなと座り込んだ。

ありかは、スコールの中で明滅する虹に叫び続けた。

「虹さん、お願い！　七色の国を一つにして！　一色だけじゃない、彩りに満ちた喜びを、みんなで感じたいの！」

ありかの脳裏にこれまでの旅でのすべての出会いがあふれてきた。

誰もが自分の国の色しか知らない。それをすべてだと思って生きている。それも素晴らしいかもしれない。けれども、自分と違う常識を持っている人たちと交わって生きることができたら、そんなふうに彩りに満ちた世界で生きることができたら、それこそ本来、祝福すべきことだと今ありかは心から思うのだった。

バケツをひっくり返したかのようなスコールだった。けれども雨の向こうにうっすらと虹が見える。ありかは、その虹に向かって叫び続けた。

「虹さん！　お願い！」

スコールはやがて小雨になり、ついに止んだ。

晴れた空にはこれまでよりも色鮮やかな虹が美しく架かっていた。

まぶしい光を発する虹が、震えるような何層もの音からなる声で言った。

「アア、コセイヲ、ウミダスト、コウイウコトガ、オコル」

万能であるはずの虹が、自分の感情に打ち震えていた。

「アタラシイ、カンガエガ、アタラシイ、セカイヲツクル。コノタメニ、イノチノリレーハ、アルンダ……」

そう言うと虹は大きく膨らんだ。今や空いっぱいが虹だった。膨らんで、膨らんで、そして、膨張しすぎた風船がはちきれるかのように、虹は爆発音とともに透明な無数のかけらとなって飛散した。

爆発のショックでありかは吹き飛ばされ、意識を失った。

エピローグ

彩り世界の実現へ

「お嬢様、お嬢様……、大丈夫ですか?」

聞きなれた懐かしい声がした。

ありかは全身に痛みを感じたが、なんとか起き上がった。

目の前に大きな翼竜がいた。

「ケツァル!」

「お嬢様、よかった……。心配いたしました」

「ケツァルどうして? もう会えないのかと思った」

「お嬢様、もうルールはなくなったのです。ご覧ください」

ありかが見回すと、そこは紫の花畑ではなかった。赤い花も黄色い花もオレンジの花も緑の草木もあった。空は、青から藍色、そして紫までのグラデーションになっていた。腕の中に抱えていたリングにもらった紫色の花束も色とりどりに変わっていた。

その世界には色の垣根がなかった。どの色もすべて同時に存在していた。彩りに満ちた世界がここに実現したのだ。

向こうから疾走してくるのはレオだった。レオは、赤茶色のたてがみをなびかせて、周りに轟くような雄叫びをあげた。

気がつけばキャンプファイヤーが焚かれていて、クラウディとスチュが向かい合って踊っていた。クラウディは色白の頬を赤く染めて嬉しそうに笑っている。白いシャツを几帳面に着こなしたスチュが、クラウディの片手を取って踊っている。

ディアとマリーンが花畑の中を一緒に歩いていた。ディアは赤や紫の花を珍しそうに見て匂いを嗅いでいる。マリーンは、先ほどのスコールでできた水たまりの水を気持ちよさそうに飲んでいる。

「まあ、みんな……、みんなが一緒にいる……」

レオが近くにやってきて、嬉しそうにありかに言う。

「聞いてくれよ、ありか。ディアの奴、戦いはダメだって言うんだ。調和しろって言うんだよ。この俺にだよ！」

クラウディが走ってきてありかを抱きしめた。

「ありかさん、レイニーが生きていたんだ。火事で死んだんじゃない、気絶していただけだって！　じっと耳を澄まして感じればわかるって、フィールさんたちが教えてくれたんだよ！」

スチュが本を片手に現れた。

「ありかさん、七色の国が一つになったことはこれまでどの文献を探してもありませんでした。赤のおばあさんの焼きりんごを食べて、もう少し調べてみます！」

ディアが軽やかに駆けてきて言った。

「違う色同士が調和できるなんて感激です。ありかさんありがとう。ディスコードたちが色の違いの不調和を調和に昇華させるはずだって、賢者さんが言っていました。ディスコードたちが見たことがないほど生き生きしています」

マリーンがそっとそばに寄り添って来て、いたずらっ子のような表情で言う。

「ありかさん、私はイガミアイにタラソのプールに入ってもらうことにしました。今、イガミアイは怒りながらもプールに足先を入れたところなんですよ」

ディープがシュルシュルとありかの足元を回っていた。

「岩たちが喜んでいるんです。ずっと太古から見てきたけれど、こんな世界は初めてだって！　ぼくはこれからキャンプファイヤーにいくんです。一度でいいからふざけて踊ってみたかった！　ラララランランランラン、ドゥビドゥドゥドゥ！」

そしてリングがそっとありかの背に手を当てて言った。

「なんてことだ！　こんな奇跡が起こるなんて、なんて素晴らしいんだ！　ああ、ぼくは一目見てレオさんのファンになってしまった。男らしく戦うのも格好いいなあ！」

一同がわっと歓声をあげた。

色の違いが彼らを生き生きさせていた。それぞれの個性が、それぞれを色濃くしていた。それぞれの魔法を差し出しあったとき、魔法そのものの力が何倍にも強くなるのだ。色の違いそのものが価値だった。

それぞれの色の仲間たちが同時に存在し、お互いの存在を楽しんでいる様子を見て、ありかはふと既視感を覚えた。

——あれ？　この感じを見たことがあるわ……。

この喜びに満ちた世界を学校の教室の片隅でときどき味わって、苦しい日々の合間に心の平安を得ていたような記憶がある。

——なんだったっけ……。あっ！

ありかは、ふいにリュックの底にしまいこんだままのスケッチブックのことを思い出した。あわてて取り出して開いてみる。

そこにはありかが教室の片隅で無心に描き続けた動物たちがいた。かわうそやライオン、鹿や水牛、蛇やトカゲ、恐竜、魚、カエル等……。そしてその動物たちは、この冒険で出会ったかわうそ、レオ、ディア、マリーン、ディープ、リング、そしてケツァルたちの姿そのものだった。

——これって……、どういうこと……。

スケッチブックと目の前の光景を見比べて、ありかは我が目を疑った。

——私……、みんなのことを知っていたの？

いつかの浮雲の声がした。

——これは、夢の中の夢。

寝室で環状の虹と話したあの真夜中の時間と、この七色の冒険で過ごした時間が、ありかの頭の中でぐるぐると混ざっていく。

めまいのような感覚がしばらく続いた。これまでの旅のいろいろな出会いや経験が一つのものになろうとして混ざっていく。そのマーブル状に混乱した意識の底に、答えが浮かび上がってきた。

それは閃光のように明るくはっきりした理解だった。

――私、知っていたんだわ……。

虹の魔法の物語のすべてが自分の内側にもともとあったことを。あまりに心の奥深くにあるために、本人すら気づかなかったことを。そしてその心の奥深くこそが……。

「宝のありかなんだわ！」

気がつくとケツァルがありかの横に来ていた。

ケツァルが微笑んで言った。

「さようです、お嬢様」

「ケツァル……」

ありかは込み上げてくる大きな思いを言葉にできなくなっていた。

「ここに……、心の奥に、宝物があるんだわ！　宝のありかを見つけたわ！」

「さようです！　お嬢様！」

ケツァルが勇気づけるようにありかの背を翼で抱いた。

「この虹の魔法の物語は、私の物語なんだわ！　この物語は私の個性なのね！」

「ソウデスヨ……」

そのとき、空から声が聞こえたような気がした。

ありかは、思わず空を見上げた。

そこには晴れ渡った青空に鮮やかな七色の虹が架かっていた。

「虹さん！　私……」

虹は愛しい我が子を見るように優しく輝いた。

「タカラノアリカ……」

ありかは今、すべての答えに到達した。

「私らしいことが宝なんだわ！　そしてみんなが違うことが宝なんだわ！　みんなが宝のありかなんだわ！」

ありかはそれぞれの個性が愛しくて、レオを、クラウディを、スチュを、ディアを、マリーンを、ディープを、そしてリングを順番に抱きしめて歩いた。最後にケツァルの首に思いっきり抱きついた。

ありかの全身にマグマのエネルギーが立ち昇るようだった。お腹の暖炉がポカポカしてはしゃいで踊りたい気分だった。内側から自分が光り輝いているのが感じられた。胸の扉が開いて愛が後から後からあふれ出してきた。喉から本当の言葉が出た。

「あなたたちのこと、忘れないわ！　いいえ、これからも一緒ね。スケッチブックにあなたたちの個性を描くわ！」

今や感覚は澄みきり、天からの暖かい祝福が全身で感じられた。

「いっぱい描くわ！　私、生きるわ！　いろんな個性を描いて生きていくわ！」

早く元の人生に戻りたいとありかは思った。パパを、ママを、リサを、聖子を、学校のみんなを、スケッチブックに描きたいと思った。彼らの個性を、この世の中の宝のありかを、ぜんぶぜんぶ絵に描きたいと無心に思った。

「アリカサンハ……」

その様子を見ていた虹が心底おかしそうに笑った。

「ホントウニ、ユニークダ！」

ありかは満面の笑みで虹を見上げて言った。

「そうよ！」

今、嬉しくて仕方なかった。そしてシンプルな一つの答えにたどり着いた。

ありかは両手を高く上げ、大きな声で大空に向かって叫んだ。

それは、虹の魔法が世界に広がり始めた瞬間だった。

「私、ユニークなの！」

〈おわり〉

あとがき

本書をお読みくださいまして誠にありがとうございます。

この本は私の四冊目の本となりました。

私が生まれて初めて出版した本は、『7色のすごいチカラ!』(二〇一〇年五月出版・エイチエス)という本です。嬉しいご縁をいただいて編集者の方と出会い、札幌のとある喫茶店で打ち合わせをしました。そのとき編集者の方に「どんな内容の本を書きたいですか?」と聞いていただき、一番始めに思ったのが「虹の七色の素晴らしい力について書きたい」ということでした。その内容で方向性が決まり、虹の七色について本を書けることが嬉しくて、まだ雪深い冬の舗道を飛ぶように走って自宅へ帰り、原稿を書き始めたあの日のことを今でも覚えています。

今回の本はその虹の七色の素晴らしい力を小説という形でお伝えできればと書いたものです。

動物だけでなく、植物や岩、雲や風までが言葉を話す設定が荒唐無稽でファンタジー世界のようになっています。こんなことはあり得ない、と思われる描写がたくさん見受けられることでしょう。これらは、現実的に考えると小説上の比喩であり、本質的に受け止めると比喩ではないかもしれません。もしかしたら私たちが生きている世界は、ちょっと見方を変えてみるとこのような世界といくらでも繋がるのかもしれません。

私たちも本当は、ありかのように魔法を使えるようになるのかもしれません。いえ、もしかしたらすでにいつも使っているのかも！

私たちは太陽光から毎日存分に光をもらっています。受信側の私たちがその気になりさえすれば、その七色のエネルギーを自分の人生に活かして、もっとパワフルにハッピーにこの人生を生きていくことができるのです。このことをこの本の中では「魔法」と表現しました。私たちは、本当は七色の魔法を使うことができる魔法使いなのです。

皆さんご自身の宝のありかにつながりますように。

今回の出版にあたり、お世話になりました皆様に心より感謝申し上げます。

読者の皆様の人生が、そしてこの社会が、ますます彩り豊かなものでありますように。


（令和元年夏　吉田麻子）

吉田麻子　よしだあさこ

北海道函館市生まれ。株式会社カラーディア代表取締役。色彩検定一級、東京商工会議所カラーコーディネーター検定商品色彩一級、ファッション色彩一級、環境色彩一級取得後、カラースクール経営、全国での講座、講演等を実施。カラーコーディネーター、カラーセラピスト、パーソナルカラーリスト。著書に「7色のすごいチカラ!」、「実践する色彩学」（エイチエス）、「人生を変えるドラッカー」（ダイヤモンド社）がある。函館にてcafé irodoriを経営。

吉田麻子への講演依頼についてはこちら……
https://www.colordear.jp/

人生を彩り豊かにする志喜彩会についてはこちら……
https://www.colordear.jp/shikisaikai

著書の紹介

実践する色彩学

四六版／ 272 頁／定価 1,429 円（税抜）

ISBN978-4-86408-933-3

色で人生が輝き始める！ 色の力はすごい！
色の力は実践してこそ、こんなにもすごいんだ！

知識として色の面白さを知っていただいたうえで上で、
さらに、道具として色を使って色のすごさを味わってください。

7色のすごいチカラ！
カラーでチェック！ カラーで実践！ 自己実現のための
カラーコーディネーター 吉田 麻子

7色のすごいチカラ！

四六判／ 240 頁／定価 1,429 円（税抜）

ISBN978-4-903707-22-8

カラーは神様がくれた
すばらしい自己実現のための道具です。

皆さんの自己実現に、『色』を道具として用いるには、
どうしたらいいかをお伝えします。

【虹の魔法のものがたり】

初　刷 ―――― 二〇一九年一〇月一日
著　者 ―――― 吉田麻子
発行者 ―――― 斉藤隆幸
発行所 ―――― エイチエス株式会社　HS Co., LTD.
064-0822
札幌市中央区北2条西20丁目1-12佐々木ビル
phone : 011.792.7130　fax : 011.613.3700
e-mail : info@hs-prj.jp　URL : www.hs-prj.jp
印刷・製本 ―――― モリモト印刷株式会社
乱丁・落丁はお取替えします。

ISBN978-4-903707-90-7